I0707796

PRINCIPIO DEL PASADO

¿Conocemos la verdad?

Eleuterio Ferrís

www.abzeta.eu

PRINCIPIO DEL PASADO
©Eleuterio Ferrís
Primera edición: Diciembre de 2020

Maquetación y Portada: ABzeta.eu

I.S.B.N.: 9798565942736
Depósito Legal: V-2921-2020

*A toda mi familia, es lo
mejor que tengo y es lo
mejor que tendré jamás.*

INDICE

INTRODUCCIÓN

Se dice que hace millones de años, los continentes que ahora conocemos estuvieron unidos y que formaban parte del último supercontinente, el denominado *Pangea*; ¿Pero este supercontinente fue el último?; intentare administrar lo que intento decir.

Por el mismo movimiento de las placas terrestres, se creó ese gran continente, por lo que se entiende, que para unirse todo esto en uno es que antes también estaban separadas diversas zonas terrestres, que podrían haber formado otros continentes anteriores a *Pangea* y a los que actualmente conocemos.

Esto, podría haber sucedido en más ocasiones, o tal vez no, y claro, yo poniendo en marcha mi imaginación podría creer que, durante estos millones de años anteriores, ¿No podría haber habido vida inteligente en el planeta?, ¿Podría haber existido una civilización, o varias, similares a la nuestra?, civilizaciones con gente, humana, o no ¿?, pero sí inteligente. Pienso que podría ser el caso, pero cuidado, no declaro que así sea.

Pasando los milenios esta civilización podría haber desaparecido, bien por causas naturales o por motivos similares a los que nos encaminamos nosotros, la autodestrucción, es a lo que nuestra civilización está abocada.

El tiempo, tantos millones de años, y los mismos movimientos de nuestro hermoso planeta habrían sido los encargados de eliminar cualquier dato, rastro o señal de esa existencia anterior a nosotros. Tengamos en cuenta que cientos miles de años después se crearía *Pangea*.

Podría a ver sucedido, ¿no?, es tan solo mi imaginación la que se ha puesto a trabajar, la que ha viajado y ha creado una idea, basada en una ilusión, en unos pensamientos, que podría ser ciertos o, casi seguro que no.

En muchas ocasiones nos vemos en este tipo de términos, creemos que estamos en uso de la razón, de la verdad, simplemente porque con los datos que hemos recibido hemos sacado unas conclusiones y con estas, creemos que son las verdaderas cuando igual, y sería lo más seguro, podrían estar completamente equivocadas por una carencia de la información total, de no disponer de todos los datos necesarios para qué fuese completamente cierta nuestra conclusión.

Pensando el presente libro, siempre he tenido en la mente el poder ofrecer unos sentimientos y unas ideas propias, de lo que otros autores ya hace muchos años dieron a conocer, manifestando que no considero los datos que vamos a mostrar como ciertos o fiables completamente, sus autores también habrán añadido diversas cosas de su ideario.

Clarificando de ante mano que las verdades no son propiedad de nadie, pero que el pensamiento y nuestra imaginación puede ser libre y actuar como creamos oportuno, pero no por ello esos pensamientos se convierten en verdades absolutas y fehacientes, si no tan solo en ideas propias y que tenemos todo el derecho, si lo deseamos, en poder comunicarlo a los demás.

Lo que aquí voy a exponer son temas ya escritos y se pueden encontrar en librerías o naturalmente en la red. Intentaré mostrar todo para poder ver los diversos temas como lo haría un espectador, observando lo que ocurre sobre el escenario, escuchando a los actores y viendo sus movimientos; no por ello de manera pasiva, porque el espectador podrá sacar sus propias conclusiones de lo que este viendo; pero remarco, esas conclusiones no tienen el por qué se ciertas ni acertadas, son tan solo conclusiones de cada uno de los espectadores.

Lo que vamos a leer es historia, es historia que a través del tiempo ha sido modificada ha sido adaptada a las necesidades de cada época; y es por esto que no hay que tomarla a rajatabla, hay que ver el trasfondo de lo que vamos a leer.

La existencia de otra humanidad o civilización anterior a *Pangea* tan solo está en mi imaginación; hasta el día de hoy no tengo noticia alguna que haya algún estudio que pueda insinuar que mi idea tuviera un trasfondo de veracidad.

Y tan solo por esto, yo comento mi idea, mi pensamiento, incluso mi ilusión, de que igual en algún momento del tiempo, alguien encuentre información escrita, con datos físicos de manera arqueológica, o de cualquier forma, y de fe de mi idea de que posiblemente anteriormente al supercontinente *Pangea* hubiera habido vida en este planeta, indicándonos que no hemos sido los únicos, que podrían haber habido otras civilizaciones.

Pero eso es tan solo mi imaginación aquí no hay datos no hay pruebas por lo que no hay conclusiones solo imaginación y nada más, por lo tanto, utilicen ustedes su imaginación pues de seguro encontraran más preguntas que respuestas y eso es maravilloso.

----

imaginación y nada más, por lo tanto, utilicen ustedes su imaginación pues de seguro encontraran más preguntas que respuestas y eso es maravilloso.

LA BUSQUEDA

Y ahora nos corresponde buscar e intentar responder nuestras dudas, hay que encontrar algunas de las respuestas que estamos tratando de localizar para satisfacer nuestra inquietud.

Vamos a tratar temas que podrían ofender, o tan solo molestar, a personas con sus ilusiones, con su Fe o bien con sentimientos, o creencias muy intensas para muchos de los individuos que habitan el planeta y mantienen una forma de vida en relación a sus diversas actitudes y sus doctrinas.

Pues sinceramente no es esa mi intención, no deseo ni la ofensa ni la molestia a nadie, tan solo deseo ampliar esa parte que en ocasiones encontramos vacía, quiero rellenar ese espacio en la historia que notamos que falta algo, es como si el tiempo hubiera hecho que alguno de los capítulos de esa historia hubiera desaparecido, que en realidad tenemos una sensación de que los textos están algo incompletos.

Se realiza la consulta a través de diversos textos todos históricos, algunos oficiales o canónigos y otros textos no tan oficiales, conocidos por la mayoría, pero posiblemente desconocidos por otros, pero que han viajado por el tiempo hasta nuestros días para que podamos leerlos, estudiarlos y poder sacar posibles conclusiones.

Conocido es que tanto los textos oficiales como los no

oficiales en el transcurso del tiempo han tenido serias modificaciones; los textos llegados a nuestro tiempo no son los originales escritos en esa época, los que conocemos en la actualidad y tenemos una edición, suelen ser copias de unos textos anteriores, y quien sabe si esos también han sido copias, o lo que es peor, si ha sido en plasmar por escrito diversas leyendas, historias que han sido contadas a través de los tiempos, de manera oral, los cambios que habrán recibido estas historias podrían haber sido enormes, adaptadas por cada uno de los narradores.

Así y todo, incluyendo todos esos posibles cambios de una historia original a la versión que nos ha llegado, el fondo de la narración es la valida, lo que nos cuentan es algo que podría haber sucedido, y digo podría, porque estamos hablando de miles de años, ¡qué valentía en aseverar que todo es real!, sería inconsciente hacer eso sin ningún tipo de prueba muy segura.

Para dar certificación de la veracidad de las historias que trataremos ya están las ciencias que se ocupan de ello, como la arqueología que encuentra lo físico y tangible de las diversas épocas, como tantos y tantos lingüistas que inspeccionan los escritos, su forma de escribir y narrar los hechos, los historiadores que analizan hasta el último detalle que ocurría en los diversos ciclos del tiempo, y un largo etcétera de mucha más gente de ciencia de diversos campos, y ellos, sí están capacitados para sacar a la luz tantas y tantas preguntas que queremos nos sean respondidas y cuanto antes mejor.

Somos así, somos ansiosos a conseguir lo que deseamos al momento, sin tardanzas, lo queremos cuanto antes y aunque lo sabemos, no queremos admitir que todas estas cosas que vamos a leer en este libro no es fruto de la casualidad si no del estudio, en ocasiones tiempo muy aburrido, pero sobre todo de la investigación en este apasionante mundo, al menos para mí, de la historia antigua.

También podemos no creer en estos investigadores de las llamadas ciencias oficiales, según las diversas teorías conspiranoicas, no cuentan toda la verdad, la esconden; yo me pregunto, ¿Por qué motivo van a esconder la verdad?, ¿no será que tampoco tienen una respuesta verosímil?, pero necesitamos una respuesta, y eso hace que en la gran mayoría de las ocasiones esas respuestas sean erróneas.

El poder encontrar algo no es simplemente sentarse a leer y sacar conclusiones de lo que estamos tomando del texto, es comparar con otros escritos y observar que nos dicen cada uno de ellos.

No es tomar como cierta la aseveración de alguien, se pueden tener diversos puntos de vista sobre un mismo tema, y naturalmente cuanta más información se disponga siempre será mejor para poder obtener una respuesta, la más aceptable a lo que estamos buscando; ¿o no?.

Cuando realizamos los estudios tenemos el *hándicap* de que son libros, textos, en algunos momentos escritos en piedra o barro, o simplemente de una tradición oral que han sido propagándose a través de los tiempos, muchos siglos y milenios atrás inician la información que nos ofrecen estos, y es por ello que hay que tomar con cierta frialdad el indicativo general de lo que estamos leyendo.

En ocasiones nos veremos inmersos en historias

fabulosas y nos olvidaremos de lo racional y puede que nuestra imaginación se desplace hacia donde no debería de irse, no por ello es malo pero lo que nos hace apartarnos del raciocinio que buscamos para obtener una respuesta, si es que se puede, de lo que estamos buscando

Sí, hay una respuesta para cada una de nuestras preguntas, el problema es llegar a esa respuesta y lo que hay que evitar con nuestra búsqueda y nuestra imaginación es en crear una respuesta a esa pregunta.

Las respuestas no se pueden ni deben crear, las repuestas existen, pero en ocasiones es arduo complicado el encontrarlas.

Al final del presente libro dejaré una bibliografía de los textos que se han utilizado en este trabajo; no son libros o textos complicados de encontrar, aunque dejare también una dirección web en donde de manera gratuita cualquier interesado podrá descargarse el material que crea necesario para consultas o iniciarse en nuevas y apasionantes aventuras para dar luz a nuestras dudas.

GÉNESIS

«Dios creo al hombre a su imagen, a imagen de Dios lo creó, macho y hembra los creo.»

Génesis 1, 27

En el libro del *Génesis* podemos leer dos relatos distintos en referencia a la creación del hombre y la mujer; en el primero, el escrito al inicio del capítulo, leemos y bien claro "*...macho y hembra los creo*", vaya, creó a los dos sexos al mismo momento, ¿Cómo es eso? Siempre se nos ha contado la historia de la costilla y demás, o es que nunca hemos leído el *Génesis*, y si lo hemos leído no hemos prestado atención; esto último es lo más seguro.

Véase que no doy nombres de ningún personaje (por el momento), y en el texto sagrado tampoco lo indica. Ahora leamos lo que el *Génesis* nos dice en el segundo relato sobre la creación del ser humano, ¿cómo?, ¿el segundo relato?, pues si hay dos relatos distintos de la creación en el libro del *Génesis*; señores, señoras hay que observar y estar atento a todo.

«Entonces Yavé Dios formó al hombre del polvo de la tierra, insufló en sus narices un hálito de vida y así llego a ser el hombre un ser viviente.»

Génesis 2, 7

Y seguimos, como podemos observar en este caso solo crea al hombre, y si ojeáis el texto del *Génesis* por el momento sigue sin indicar el nombre de nadie. Y tardará un poco en nombrarlo tal como lo conocemos.

Ahora seguimos un poco más adelante y llegaremos a la creación de la mujer, y me gustaría que el lector estuviera atento a lo que se describe.

«Entonces Yavé Dios hizo caer sobre el Hombre un sueño letárgico, y mientras dormía tomó una de sus costillas, reponiendo carne en su lugar; seguidamente de la costilla tomada formó Yavé Dios a la mujer y se la presentó al Hombre; quien exclamó:

Esta sí que es hueso de mis huesos y carne de mi carne, esta será llamada varona, porque del varón ha sido tomada.»

Génesis 2, 21 al 23

¿Durmió al hombre?, esto tiene toda la pinta de una operación quirúrgica ¿no creen?. Seguimos sin nombres, bueno a la mujer se le llama *varona* (en algunas traducciones puede variar, pero siempre es con algún sinónimo de hombre o varón).

El Hombre dice así:

«Esta sí que es hueso de mis huesos y carne de mi carne,...»

¿Por qué habla de esa manera?, como si esta mujer si que era de parte de su carne, ¿nos dice, tal vez, que ha habido alguna más anteriormente?, ¿la cual no fue de sus huesos ni de su carne?, ¿podría ser la que se menciona en el primer relato? Esa hembra que fue creada al mismo tiempo que el macho, ha desaparecido ¿Dónde está?, ¿Dónde ha ido? Por el momento nos detenemos aquí.

Hay historias en las tradiciones tanto Hebraicas como en

la Sumeria, Babilónica y en general en las denominadas Mesopotámicas que hablan y que tiene tradición sobre esta primera *"hembra"*. Según estas civilizaciones mencionadas, a esta figura la nombran como *Lilith*, y afirman que fue la primera compañera, la primera pareja, que tuvo el primer varón (seguimos sin tener nombre del ese varón) y que fue creada al mismo tiempo que al hombre, esto podemos lo podemos leer en el libro oficial o canónigo *"Génesis 2, 7"*.

Según nos cuentan, parece ser que tanto Ella como El tenían su carácter, y que por aquellos tiempos el varón ya manifestaba su tendencia a que la mujer debería de ser sumisa con el hombre (ya empezamos…); naturalmente esta mujer, *Lilith*, se plantó ante su pareja exigiendo unos derechos por igual y que naturalmente el sometimiento al varón no se haría realidad; según cuentan los escritos, ella, manifestaba que al haber sido creados en el mismo momento (primer relato de la creación), ambos eran por igual y que no había ninguno de los dos por encima del otro. ¿Les suena estas quejas de *Lilith*?. Y también si leemos en otros textos, la promiscuidad en la época era evidente y ella se quejaba a su pareja que quería estar de vez en cuando arriba y no debajo como era habitual, que al fin y al cabo tenían ambos el mismo derecho.

Esto lo dejaremos estar, estimados lectores, como se suele decir "corramos un tupido velo".

Tras no poder convencer al varón, y este no cambiar tampoco en su actitud, *Lilith* decidiría abandonar el *Edén*, marchándose y renunciando a lo que *Yavé* le ofrecía; tras la marcha, el *Creador* envió a algunos de sus ángeles para intentar convencerla de que volviera, pero ella en todo momento se negó a regresar.

Según cuentan estas tradiciones, abandonó todo lo que *Yavé* le daba y lo abandonó porque se sentía menospreciada y no como una igual, que es lo único que deseaba.

Según se cuenta, se marchó a orillas del mar Rojo. Desde el momento del rechazo a regresar al *Edén* esta mujer es considerada como un demonio, se puede leer que se unió a cierto demonio y dio vida a multitud de otros seres demoniacos, y según las creencias populares era la causa de la elevada mortandad infantil, que era ella la que se llevaba a niños y niñas recién nacidos, ¿de dónde tantos niños y niñas en esa época?.

Pero no acaba todo aquí se cree que *Lilith* viendo que la nueva pareja en el paraíso estaba feliz, esta quiso estropearles por celos o simplemente por despecho, esa felicidad, y en la tradición judía y las civilizaciones mesopotámicas se dice que o bien esta se disfrazó de serpiente o engaño a una serpiente y cuando los ángeles que custodiaban el *Edén* tuvieron que abandonar el *Paraíso*, esta se presentó ante *Eva* y la convenció a tomar del árbol prohibido. Y desde aquí ya volvemos a conocer la historia.

Y aquí surgen dudas sobre lo que aparece en los diversos lugares de consulta, nos vamos a detener en ese acto de tomar la fruta prohibida.

Primeramente invitamos a nuestro lector que se lea el *Génesis* en su capítulo Tercero que es donde aparece la historia del llamado *Pecado Original*, ¿en algún momento el perspicaz lector ha leído algo sobre el *Diablo*, *Satán*, *Satanás* o algo parecido?, pues no, no aparece ningún nombre en ese capítulo del *Génesis*, no hay nada que indique que fuera motivo de esa traición por parte de ningún demonio, es curioso, como también es curioso algo que he escrito *Pecado Original* y que tampoco aparece en el libro del *Génesis*, no aparece ni uno ni el otro pero lo damos por hecho, curioso.

Antes de seguir más adelante y en relación a estas dos historias de la creación. No es tan solo en el *Génesis* que cuenta la creación de hombre y mujer en esta doble duplicidad, hay otros textos, catalogados como *Apócrifos* (en el próximo capitulo hablaremos más detenidamente de lo que son o pueden ser estos libros), que cuentan exactamente estas dos historias, es curioso.

Ahora bien, más curioso es que en todos los textos, pero en todos los que tratan estos temas, hablan de una creación y sin más, sin explicar lo que pasa, pasan a la siguiente creación. Me pregunto cuál puede ser el motivo de que no hay una explicación a este paréntesis sin nada de ello, ¿fue algo interesado desde el principio?, ¿ha sido algo seguido de unos a otros?. Lo que es seguro que ahí faltan palabras y líneas que por el tiempo y por algún que otro motivo desconocido han desaparecido y no sé si podremos saberlo en alguna ocasión.

Curiosamente es ahí donde aparece *Lilith*, un personaje con mucha importancia para distintas civilizaciones mesopotámicas y también para la hebrea, pero que, para estos últimos, son tradiciones, en los textos sagrados no existe, ¿Por qué?, ¿Dónde ha ido a parar la verdadera historia?. Dejaremos este tema, porque al menos el que escribe estas líneas no tiene más información que pueda aportar algo de luz a esta incógnita.

Este tema de *Lilith*, lo paramos aquí y seguimos con las

dos historias de la creación y leemos en cierto libro:

«Escucha mis palabras, Seth, hijo mío. Cuando YHWH Sebaot me hubo formado de la tierra, junto con Eva, tu madre,…»

El Apocalipsis de Adán 1

Esto le cuenta *Adán* a su hijo *Seth* (me he adelantado en el tiempo solo para explicar la historia de la creación), que *YHWH Sebaot* lo hubo formado de la tierra, junto a *Eva*; entonces, según esto *Eva* fue creada de la tierra o barro, pero no de la costilla. Vaya lio, ¿Con que quedamos? ¿*Eva* no era de la costilla?. Ahora volvamos a otro libro, pero ya dentro de la cronología que nos corresponde, no demos tantos saltos.

«Y el Señor nuestro Dios, le infundió un sopor, de manera que se durmió. Tomó para formar a la mujer uno de sus huesos. Y así lo hizo: aquella costilla es el origen de la mujer. Y arregló con carne su lugar tras formar a la mujer».

Libro de los Jubileos 3, 5

En este otro libro curiosamente solo encontramos la creación de la mujer mediante la costilla y no hay nada de la primera historia de la creación cuando los creó a ambas al mismo tiempo.

«En la primera semana fue creado Adán y la costilla que habría de ser su mujer; en la segunda semana se la mostró: por eso se dio orden de guardar una semana por varón, y dos por hembra, en la impureza de ellas.

Cuando Adán hubo pasado cuarenta días en la tierra donde fue creado, lo llevamos al Jardín del Edén, para que lo labrara y guardara, y a su mujer, a los ochenta días, tras los cuales entró en el Jardín del Edén».

Libro de los Jubileos 3, 8 y 9

La cosa en estos dos párrafos ya se lanza un poco, el *Creador* impone unas condiciones que podríamos declarar algo especiales, ya que no disponemos de ninguna información del porque hay que cumplir esas, digamos cuarentenas, para acceder al *Edén*, conocer a tu nueva pareja, etc., y en párrafos siguientes (el lector si lo desea consultar) aparecen normas también de motivos de impureza si se pare a un varón o a una hembra, el tiempo que hay que esperar para entrar al Templo (¿Templo?, ¿Qué Templo?) y otras cosas más que no vemos nada lógicas, claro está, con la información que disponemos.

Y lo que, si leemos bien claro, es que ni *Adán* ni *Eva* fueron creado en el *Edén*; ellos no estaban allí, tuvieron que pasar cuarenta días para que *Adán* fuera llevado para "labrar y guardar" el *Edén*, y ochenta días para la llegada de *Eva*.

Bien, ya tan solo indicar lo anteriormente escrito, algo falta entre el primer y el segundo relato de la creación, sería interesante conocer donde se encuentran esas partes que faltan. Amigo lector, venga a por ello.

Sigamos, ahora vamos a ver lo de la manzana. Al parecer es tan solo un error de traducción. En el siglo IV d.C., el *Papa Dámaso I* ordenó la traducción de los textos sagrados del hebreo al latín común, el que hablaba el pueblo llano, este proyecto le fue encargado al clérigo *Jerónimo de Estridón*, este no dominaba el hebreo (empezamos bien) por lo que se desplazó a Belén y tardó 15 años en traducir estos textos originales del hebreo. El resultado fue la famosísima *Vulgata Canónica,* y aquí vamos a encontrar algunos errores de traducción.

En lo que ahora nos interesa, que es lo del tipo de fruta que tomaron los huéspedes del *Paraíso,* indicamos que el traductor confundió, ¿o no?, la palabra en hebreo *mālus* o *mÄlus* que significa *manzano* con la palabra también en hebreo *malus* que significa *mal.* Y puede que aquí este la creación de esa tradición de la pobre manzana.

¿Entonces que era? Pues se desconoce, indicar que la palabra *malus* también tiene un significado como aquella fruta que contuviera semillas, por lo que entrarían multitud de frutas. Según otros investigadores se dice que era un higo, ya que con hojas de higuera crearon sus taparrabos. ¡!

Debo aclarar que cuanto se describe aquí se pueden obtener resultados similares en la lectura de libros considerados *apócrifos,* así como los libros *sagrados* para judíos, cristianos y musulmanes; estas tres culturas monoteístas tienen la misma base sagrada.

Sobre esto, es muy curioso que diversas tradiciones de diversos pueblos tengan unas leyendas o creencias similares, cuando en el espacio del tiempo no han coincidido; naturalmente la transmisión oral de las historias ha sido realmente la base para que se tuviera una idea similar.

Pero hay más dudas, cuando esto se describe por primera vez ya existe la civilización como era la *Sumeria* y estamos hablando de algunos miles de años antes de Cristo; pero si durante la creación del ser humano es el principio, no había nada más, ¿cómo llegan estas historias a la mano del primer escritor, en una tablilla de madera o barro?, será que tambіén se trasmitió por tradición oral después de muchos siglos. ¿Alguien dispuesto a analizar este tema e investigar en textos y tradiciones antiguas y encontrar alguna posible respuesta?, adelante.

Ya dejamos el misterio de *Lilith*, y sobre la parte de la fruta que comieron, seguimos donde lo habíamos dejado, es decir en la creación de la segunda mujer de una costilla del hombre.

Señalamos que solo se le ha dado un nombre a la mujer, el hombre la llama *Varona* porque del varón ha sido creada y como él dice *"esta sí que es de su carne"*.

No es el *Génesis* el único libro que cuenta como se inició la vida humana. Vamos a leer lo que nos dice de la creación otro libro sagrado, leamos entonces lo que se nos dice en el *Corán*.

La *Creación* en este libro no es tan exquisita como en el *Génesis* es más bien diluida en cuanto a explicación, pero no en cuanto a hechos y vamos a ver unos cuantos párrafos que de seguro nos van a interesar.

Pero antes me gustaría mostrar algo, un pequeño detalle que aparece en el *Sura XXI* y dice así:

> *«Los que no creen, ¿no ven que los cielos y la Tierra formaban juntos una masa compacta y que Yo los he separado, así como Yo, gracias al agua, he vuelto toda una cosa viva?. ¿No creerán ni dándose cuenta de esto?.»*

Sura de los Poetas XXI, 31

Amigos lectores ¿han prestado atención? *"Yo, gracias al agua, he vuelto toda una cosa viva…"*. Esto realmente es científicamente correcto desde no hace excesivo tiempo. Sorprendente; ¿me habéis entendido?. Creo que no.

En el *Corán* la historia de la creación esta esparcida entre los diversos *Suras* que componen este sagrado libro. Nosotros iremos directos a lo que nos interesa, y seguimos leyendo párrafos extraordinarios, en los que ya el primer hombre se encuentra en el *Edén*, y allí pues ocurren cosas como esta:

> *«Y cuando el Señor dijo a los ángeles: Voy a poner un vicario en la Tierra, ellos dijeron: ¿Y pondrá a alguien que haga el mal, mientras nosotros te alabamos, te glorificamos y proclamamos tu santidad?. El Señor respondió: Yo sé lo que vosotros no sabéis».*

> *Sura de la Vaca II, 28*

Leyendo esto, parece ser que no fue tomado de muy buen agrado por parte de los ángeles, que el *Creador* quisiera poner como "vicario" de la Tierra al mismísimo *Adán*, ¿por qué?, ¿tenían celos?, o más bien ¿no se fiaban, por que conocían las debilidades de los seres humanos creados recientemente?, particularmente, y vuelvo a escribir la palabra para que no haya dudas, particularmente, es más probable lo segundo, además ellos dicen que alaban, glorifican y proclaman su santidad; pero especialmente misterioso es la respuesta del *Creador* que les da a los ángeles que dudaban de su propuesta:

> *"...El Señor respondió: Yo sé lo que vosotros no sabéis."*

¿Qué quiere decir con eso?, podría ser cualquier cosa, incluso algo que en la actualidad desconocemos, menudo misterio.

Esto no está en el Génesis, pero realmente es interesante la exclamación de asombro de los ángeles cuando el *Creador* pone en la Tierra sobre ellos al Hombre, Podría ser motivo de investigación a tener en cuenta, pero sigamos.

«Y cuando Nos dijimos a los ángeles: ¡Prosternaos ante Adán!, ellos se prosternaron, a excepción de Iblis que, llenos de orgullo, se negó, llegando a ser uno de los descreídos.»

Sura de la Vaca II, 32

Leemos un desacuerdo con *"Nos"*, el tal *Iblis* hace caso omiso a el acto de prosternarse ante *Adán*, volvemos a lo anterior, ¿por celos?, ¿Por qué sabía que el Hombre tenía graves defectos? o bien tal vez no era un ángel ¿o sí?.

«(Dios) dijo: "¿Qué es lo que te impide prosternarte cuando Yo te lo ordeno?" (Iblis) respondió: "Yo soy mejor que él. A mí me has creado del fuego y a él del limo."

(Dios) dijo:"¡Desciende (baja) de aquí! ¿Enorgullecerte aquí? ¡Sal! En verdad (te digo) que estas entre lo despreciados (entre los que merecen desprecio).»

Sura del A'Araf VII, 11 y 12

Si el lector siguiera leyendo este *Sura VII del A'Araf* en la continuación a lo señalado en esto último, leería unas frases de pocos amigos entre *Dios* (tal como se menciona en estos momentos) e *Iblis,* son varios párrafos en los que uno al otro se enoja, acabando con el *"desprecio"* a *Iblis* y sus seguidores.

Esta historia, en el *Corán* es repetida en diversas ocasiones y en distintos *"Suras"* de las que forman parte en este libro sagrado.

«Iblis es para los árabes el ángel caído por obra de su orgullo y su desobediencia...

... Inútil tratar de comprender cómo Alá Creador del Todo y sabio en todas las cosas, ¿Cómo crea a los ángeles para que una parte de ellos se le enfrenten audazmente?. ¿Qué ignoraba que esto iba a ocurrir?, no se puede sostener dada su sabiduría total; luego no hay más remedio que aceptar, por absurdo que parezca, que precisamente a causa de su no menos total previsión los creó ya con objeto de que se levantasen contra Él, permitir que tentasen a los hombres y les ayudasen a perderse...»

Notas del Libro El Corán página 700

Es fascinante esta lectura y sobre todo el razonamiento.

En el *Corán* ya aparece anteriormente a este párrafo el nombre de *Adán*, pero no el de *Eva*, ni otro similar, siempre es el de la *esposa* o *mujer*, todo esto aun lo mantenemos en nuestra época, no cambiamos.

«Y Nos dijimos: ¡Oh Adán!. Habita tú y tu mujer el Jardín y comed con toda libertad de lo que produce, en cualquier parte en que os plazca hacerlo. Pero no os acerquéis a este árbol, por miedo a volveros culpables.»

Sura de la Vaca II, 33

Conocemos el significado de este párrafo, prácticamente es similar al resto de textos en el que el *Creador* indica a sus recientemente creaciones que pueden aprovecharse de todo el *Edén*. Vamos a seguir leyendo.

«Pero Satán les hizo tropezar y caer, con lo que les

expulsó del lugar en que estaban. Y Nos dijo: ¡Bajad y volveos enemigos unos a otros!...»

Sura de la Vaca II, 34

Es la expulsión del *Paraíso,* pero el buen lector habrá observado que con diferencia del *Génesis* Judeo-Cristiano, ahora sí que indica que es *Satán* el que les hizo tropezar y caer.

Ahora volvemos otra vez al *Génesis* y seguimos con la expulsión de estos dos primeros habitantes del *Edén* que incumplieron la ley.

Cuando *Yavé* los expulsa del *Edén* encontramos el comentario que hace el *Hombre* (sigue sin nombre) sobre *Varona* en el que ya le cambia el nombre por el que actualmente la conocemos, la modificación del nombre viene debido a que desde ese momento es de ella de donde seguirá toda la descendencia posterior, y esto es lo que dice:

«El hombre llamó Eva a su mujer, porque ella fue la madre de todos los vivientes.»

Génesis 3, 20

Por primera vez aparece el nombre de *Eva,* curioso que haya tardado tanto. El significado de *Eva* es de origen hebreo y proviene de la palabra *HAWA*

Según los hebreos el significado de esta palabra viene a ser "la dadora de la vida" pero también "aquella que vive", cuando el hombre le da ese nombre está claro que es por el primer significado, ya que para la cultura judeo-cristina fue la madre de toda la humanidad, aunque como hemos visto no fue la primera mujer.

No quiero extenderme en otro detalle que dice el varón y es que *"porque ella fue la madre de todos los vivientes"*, ¿Qué ya había otros nacidos de Eva?, pero dejemos esto.

No, no me he olvidado del nombre del primer varón, y es en este momento:

> *«Conoció todavía a Adán a su mujer, y esta parió un hijo, a quien puso por nombre Set,…»*

Génesis 4, 25

Es la primera vez que aparece el nombre de *Adán* en el *Génesis*, y este párrafo es ya estando fuera del *Edén*, les ha costado un poco, lo que no entiendo es el porqué.

Quisiera señalar algo sobre este párrafo, en diversos textos encontrareis la expresión de *"Adán conoció a Eva"* o similar, su significado no es el que podríamos entender, la palabra "conoció", es la traducción de la palabra en hebreo "yadá", que tendría un significado aproximado a "un conocimiento íntimo sexual", es decir que cuando leemos esta palabra, significa que tuvieron simplemente sexo entre ambos.

Tal vez en algunos idiomas venía bien la traducción tal como ha quedado, para no dar otras señales algo más pecaminosos según algunas culturas en algunas épocas.

Acordaros queridos lectores, de este párrafo porque un poco más adelante volveremos a comentar algunas cosillas.

INICIOS

Seguimos con esta apasionante aventura; y seguimos indicando a nuestros lectores que este libro no les va a dar respuestas a las preguntas que tienen en mente, sino todo lo contrario, tal como vayan explorando las líneas y párrafos de estas páginas lo más seguro es que aumenten sus dudas y preguntas; y para eso tenemos nuestra imaginación, para que cada uno pueda acceder a sus posibles conclusiones; pero recordad, nunca jamás debemos "crear" una respuesta, lo que debemos hacer es contestar, si podemos, a las preguntas.

Dicho esto, vamos seguir con la nueva vida que van a desarrollar *Adán* y *Eva* fuera del *Paraíso*.

En el *Génesis* hay bien poco, prácticamente nada, que indique la vida que llevaron los primeros humanos desde la salida del *Edén* hasta el nacimiento de sus hijos.

Para buscar y encontrar alguna noticia de esa vida intermedia, en la que están solos como pareja en un mundo desconocido para ellos, tenemos que localizar lo escrito en unos cuantos libros de los denominados *Textos Apócrifos*. La lectura de estos textos se tiene que tomar con suma cautela.

Si los textos llamados como "oficiales" ya pueden haber tenido algunas modificaciones interesadas; estos otros, fueron encontrados en grutas y son textos originales, pero no escritos por los que se les atribuye en el título si no por otros escritores, de los que desconocemos a los autores que podrían haber inventado el libro o bien copiaron de textos más antiguos o pusieron por escrito las tradiciones orales. Es por lo que aconsejo al lector tenga mucho cuidado en la interpretación de estos a la hora de poder tomar algún dato para su estudio.

Vamos a utilizar los siguientes libros:

- Libros de Adán y Eva (Primero y Segundo).

- Apocalipsis de Moisés o Testamento de Adán y Eva.

- El Libro de los Jubileos.

- El Apocalipsis de Adán.

- El Libro de la Vida de Adán y Eva.

Repito lo indicado anteriormente, estos son títulos de los llamados *Apócrifos* y la lectura de estos tiene que tomarse con mucha serenidad. También indicar al lector, con anterioridad ya se dijo, que al final de este libro se encuentra un apartado llamado *Bibliografía* estos textos podréis comprobarlos, leerlos e incluso guardarlos en vuestros ordenadores de manera gratuita desde la web que ahí os indico, en cada uno de estos textos está también señalado el lugar de descarga original para evitar posibles malas interpretaciones de propiedad intelectual, ya que algunos de ellos son traducidos de otros idiomas y hay un gran esfuerzo, por parte del que ha traducido el texto, es un trabajo que no hay que olvidar y hay que respetar.

Pues tras esta introducción y haber dejado las bases, sobre todo, para la lectura de estos libros, pasemos a lo que podemos encontrar entre las páginas de estos, en ocasiones que nos encontremos algo "desubicados".

Al parecer el *Creador* al expulsarlos del *Paraíso* les indico que debían vivir en el interior de una "gran roca" a la que la llamarían *La Cueva de los Tesoros*. Esta cueva se convertiría como vivienda de nuestros personajes durante casi el resto de sus vidas.

Por lo que podemos leer en algunos de los *Apócrifos*, el *Edén*, se encontraba bastante cerca pues en diversas ocasiones llegaron ante las puertas de la entrada, pero un *querubín* les bloqueaba el paso.

Entristecido *Elohim*, por la expulsión ha intentado reparar un poco el gran error de *Adán* y *Eva*, le hizo una gran promesa a *Adán*, y estas son las palabras que le dijo:

«…si, cuando la Palabra se guarde de nuevo, pasados los cinco días y medio y se vean cumplidos».

Primer Libro de Adán y Eva III, 2

«Cuando Adán escuchó estas palabras de Elohim, y de los grandes cinco días y medio, no pudo entender el significado ellos».

Primer Libro de Adán y Eva III, 3

«Entonces Elohim en su misericordia para con Adán, que lo hizo a su propia imagen y semejanza, le explicó, que esos cinco día y medio, son realmente 5.500 años, y cómo es que vendría y lo salvaría a Él y a sus descendientes».

Primer Libro de Adán y Eva III, 6

«Y como Adán salió hacia donde temía, temblando cayó, y Elohim en su misericordia le levantó, y luego hizo este pacto con él».

Primer Libro de Adán y Eva III, 9

Empezamos por estos párrafos, primero, porque *Elohim* o lo que es el mismo el *Creador*, les dice que *Él*, vendrá a salvar a ellos y a sus descendientes, naturalmente si cumplen el pacto; pasados 5.500 años; ¿tal vez pudiera estar hablando de la venida de *Jesús* y de su *Palabra?*, si fuera así y esta historia fuera mínimamente cierta, la humanidad se hubiera podido iniciar esos 5.500 años antes de la llegada de *Jesús* y actualmente tendría unos 7.520 años de edad. Una respuesta complicada.

Y esto es uno de los motivos que iniciamos el capítulo por estos párrafos, otro motivo es que no es el único libro que habla de estos 5.500 años, lo leemos también en otro texto.

En *El Libro de la Vida de Adán y Eva* se encuentra *Seth* llorando e implorando al *Señor Dios* y se le aparece el ángel *Miguel*, el cual le indica que ha sido enviado por el *Señor* y le dice lo siguiente:

> *«Porque su poder no ha de marchitarse en tus manos, salvo en los últimos días. Pues pasados y cumplidos lo cinco mil quinientos años, vendrá sobre la tierra el más amado, el rey Cristo, el Hijo de Dios, para revivir el cuerpo de Adán y con él revivir los cuerpos muertos…»*

El Libro de la vida de Adán y Eva XLII

Ya hemos indicado que hay que leer de manera responsable estos textos; en ambos libros se habla de la posible llegada del *Salvador* e incluso he indicado que siguiendo los datos 5.500 años en referencia al posible nacimiento de *Jesús* y el año actual (2.020) podría haber pasado esta historia hace 7.520 años; ¿y ya está?, ¿aceptamos esto?.

Repito, hay que leer con mucho cuidado, yo he sacado una conclusión basándome en el calendario actual, el calendario Gregoriano, que es el utilizado por los cristianos y que se ha adaptado a occidente y al resto mundo de manera más o menos oficial; ahora bien, ¿no podría esto haber ido contando por el calendario hebreo?, ya hay dudas.

Es muy fácil dar por sentado muchas cosas, y por ello debemos tener una mentalidad limpia, que no vacía, y aceptar otros posibles planos de información.

Con este simple ejemplo hemos observado como de unas líneas sin ningún tipo de mala intención nos han hecho obtener un resultado completamente erróneo, estamos acostumbrados a que tenemos la razón, que somos el centro de todo y nos olvidamos que, por ejemplo, hay otras culturas que cuentan los años de distinta manera a la nuestra, y una de estas es la *hebrea*, ahora bien, no sabemos tampoco si la cuenta de años corresponde a ese pueblo.

Repito, respondamos a las preguntas, pero no "creemos" respuestas.

Siguiendo en el *apócrifo Primer Libro de Adán y Eva* el lector si consulta este texto, podrá observar que tras la salida del *Edén*, nuestra pareja después de haber tenido una vida tranquila y sin muchas preocupaciones, no sabían hacer prácticamente nada, y además desconocían todo lo que se debería hacer a partir de ese momento.

Leyendo estos *Textos* se observan que su quehacer diario es rezar a *Elohin*, rezar y ayuno obligatorio porque no sabían por si mismos el poder administrarse comida.

Y la lectura de estos *Textos* también indica que el mismo

Elohin siempre está junto a ellos porque les ayuda en todo momento, les enseñará a realizar cosas comunes para sobrevivir, les defenderá también en diversas ocasiones del mismísimo *Satanás*.

Leyendo estos libros observamos que son unos seres muy débiles y que no están preparado para esta nueva vida.

En relación a la *Cueva de los Tesoros*, existe un capítulo en el *Primer Libro de Adán y Eva* en el que podemos leer y ver el estado anímico en el que se encuentran los primeros habitantes.

Adán llora por el cambio de condiciones de vida. Adán y Eva entran en la *Cueva de Tesoros*.

«Sin embargo, Adán y Eva lloraron por haber salido del jardín, su primera casa.

Y, de hecho, cuando Adán miró que su carne fue alterada, lloraba amargamente junto con Eva, por lo que habían hecho. Y ellos caminaron y se dirigieron suavemente hacia abajo en la Cueva de Tesoros.

Y cuando la vieron, Adán gritó sobre sí mismo y dijo a Eva, ¡Mira esta cueva, parece una cárcel de castigo para nosotros en este mundo!

¿Qué es esto en comparación con el jardín? ¿No hay aquí tanta estrechez comparándola con el espacio que tiene lo demás?

¿Qué es esta piedra, por el lado de los huertos? ¿Cuál es la oscuridad de esta caverna, en comparación con la luz del jardín?

¿Qué es esta cornisa de roca que protege a la vivienda,

en comparación con la misericordia del Señor que nos rodeaba?

¿Cuál es el suelo de esta cueva en comparación con el jardín del Edén? Esta tierra, está llena de piedras, ¿en cambio en el jardín estaban plantados todo tipo de árboles frutales deliciosos?

Y dijo Adán a Eva. Nuestros ojos antes miraban ángeles alabando en el cielo, y ellos también a nosotros, sin cesar.

Pero ahora no vemos como lo hacíamos; nuestros ojos se han vuelto de carne y no pueden ver como antes.

Dice de nuevo Adán a Eva, ¿Cuál es nuestro cuerpo el día de hoy, en comparación con lo que fue en los antiguos días, cuando vivíamos en el jardín?

Después de esto, Adán no quiso entrar en la cueva, mirando el marco de roca, no se atrevía cruzarlo para entrar.

Pero él plegado a las órdenes de Elohim, se dice a sí mismo, Si no entro en la cueva, seré una vez más un transgresor».

Primer Libro de Adán y Eva IV, 1 al 12

Podemos notar la tristeza de ambos, las comparaciones de donde habitaban a donde *Elohin* les ha buscado acomodo, no les gusta; tampoco nos gustaría a nosotros claro; incluso *Adán* manifiesta en un principio en quedarse fuera, pero claro, *Elohin* les había señalado su nuevo domicilio.

Vamos a seguir con más historias de este tiempo; como hemos indicado *Adán* y *Eva* son auxiliados en todo momento por *Elohin* son torpes, son inmaduros y suelen meterse en líos constantemente y *Satanás* también en otras tantas ocasiones tiene mucho que ver.

«Se dirigieron cerca del agua, aguardando, y vieron que era el agua que daba vida a la raíz del árbol de la vida en el jardín».

Primer Libro de Adán y Eva IX, 3

Anteriormente he indicado que al parecer estaban cerca del *Jardín* porque en diversas ocasiones se acercan a él, y ahora se encontraban cerca del agua que daba vida a la *"raíz del árbol de la vida"*, no vamos a entrar si esto es una metáfora o tiene algún tipo de significado escondido.

Pero sigamos leyendo a ver que les ocurrió en este pasaje donde se encontraban, aquí podremos observar que *Elohin* y los ángeles nunca les abandonaron a su suerte siempre estaban con ellos, y todo eso ¿Por qué?, ¿Estaban orgullosos de la creación de estos dos seres?, supongo que lo estaban.

«Y nosotros, cuando estábamos en el jardín, no nos preocupábamos por él, pero desde que vinimos a esta tierra extraña, todo ha sido difícil y hasta lo necesitamos para nuestro cuerpo. Pero cuando Eva escuchó estas palabras, lloró, y era tanto el dolor de su llanto, que cayeron en el agua, y quedándose tendidos en el agua, empezaron a ahogarse, pues así estaba estipulado que la vida de los seres debía terminar de alguna manera».

El Primer Libro de Adán y Eva IX, 8 y 9

Así acaba el capítulo *IX* de este libro ahogándose ambos en el agua que regaba el *Jardín* según versículos anteriores, pero sigamos la lectura, que esto continua:

«Entonces Elohim, que es clemente y misericordioso, extiende su mano en el agua, y viendo que estaban cerca de la muerte, envía a su ángel, el cual los sacó del agua y los llevó a la orilla y estaban como muertos.

Entonces el ángel subió a Elohim y dijo: "Oh Elohim, tus criaturas han dado su último respiro"

Entonces Elohim envió a Su Palabra a Adán y Eva, y los levantó de la muerte».

Primer Libro de Adán y Eva X, 1 al 3

Murieron, si murieron y *Elohin*, después del aviso de su ángel les devolvió la vida enviando *"…Su Palabra a Adán y Eva…"*, ¿Qué habrán intentado decirnos aquí?, ¿Qué sería *"Su Palabra"* ?, es enigmático.

Y siguiendo unas pocas líneas más abajo volvemos a leer algo ya conocido.

«…Cuando Adán y Eva escucharon estas palabras de Elohim, exclamaron con un grito amargo, y Adán suplicó a Elohim que les permitiera regresar al jardín, y les dé una segunda oportunidad».

Primer Libro de Adán y Eva X, 7

Tienen miedo, desconocen el medio, están perdidos y le piden a *Elohin* regresar al *Edén;* y esta es la respuesta:

«Elohim le dijo a Adán, te he hecho una promesa, cuando esa promesa se haya cumplido, yo te llevaré de nuevo al jardín, a ti y a tus descendientes justos».

Primer Libro de Adán y Eva X, 8

De nuevo, *Elohin*, les indica la promesa que les dio la de

que, pasado cinco días y medio, cinco mil quinientos años, regresaría y se llevaría a todos los justos.

Como podrá observar el amigo lector, estos dos seres eran muy débiles y tenían miedo a esta nueva vida, una vida en la que eran completamente inútiles para mantenerse vivos por ellos mismos.

Seguimos con el relato, y ahora comentaremos un encuentro con la serpiente, un encuentro cerca de la *"puerta occidental" (Primer Libro de Adán y Eva, XVII, 1)*, y que en el capítulo siguiente nos da la conclusión al altercado.

> *«Cuando la maldita serpiente que había aumentado su cola y estaba unida a la cabeza, vio Adán y a Eva, sus ojos se pusieron rojos de sangre, y actuó como si fuera a matarlos.*
>
> *Fue directo a Eva y corrió tras ella, mientras que Adán estando de pie, grito porque no tenía un palo en su mano y no sabía cómo matar a un animal.*
>
> *Pero con un corazón ardiente por Eva, Adán se acercó a la serpiente, y la cogió por la cola, este luego se volteó y les dijo:*
>
> *¡Oh Adán!, por ti y por Eva, ahora me arrastro sobre mi vientre. Luego, con su gran fuerza, tiró abajo a Adán y a Eva y los apretaba intentando matarlos».*
>
> *Primer Libro de Adán y Eva XVIII, 1 al 4*

Un ataque a muerte de la serpiente contra *Adán* y *Eva*, y podemos observar unos detalles, el primero son las ganas de venganza y de odio por parte de la serpiente contra los dos humanos, pero que su ira era en especial con *Eva*, que es contra la primera que se lanza.

Observemos la actuación de *Adán*, no sabe cómo matar a un animal, por eso he nombrado ya en varias ocasiones que desconocen cómo sobrevivir; pero hay algo mucho más importante que todo lo dicho hasta ahora y es *"Pero con un corazón ardiente por Eva,… "*, menuda declaración de amor es esta, tal vez esto nos pudiera dar una idea de lo que sentían entre ellos, no solo por este fantástico acto de *Adán*, más adelante también veremos a *Eva*, la verdad es que ambos eran uno solo, o bien porque se sentían solos y no tenían otra compañía o porque los sentimientos de uno por el otro eran algo excepcionales, me decanto por esta última opción. Y para finalizar esta historia leemos como acaba.

> *«Pero Elohim envió un ángel que arrojó a la serpiente fuera de ellos, y los restauró».*

> *Primer Libro de Adán y Eva XVIII, 5*

Y así finaliza este primer encuentro con la serpiente, y no sería el último, fuera del *Paraíso*.

Y ahora una historia alucinante seguid la lectura en los párrafos siguientes y ya comentáis luego.

> *«Entonces Adán y Eva fueron en busca del jardín.*

> *Y el calor era tan fuerte que parecía llama de fuego en sus rostros y por el intenso calor lloraron delante del Señor.*

> *Y lloraban al frente de la puerta occidental del jardín, sobre una montaña.*

> *Luego Adán se tiró hacia debajo de la montaña, su rostro y su carne se rasgaron, perdiendo mucha sangre y estaba a punto de morir.*

Mientras tanto Eva se mantenía de pie en la montaña llorando por él.

Y ella dijo: No quiero vivir después de él, porque todo lo que él ha hecho, ha sido por mi causa.

Entonces ella se lanzó también, después de él, y su piel fue desgarrada y arrancada por las piedras y cayó, quedando como muerta.

Pero Elohim, que es misericordioso, y que ve por sus criaturas, miró a Adán y a Eva, que estaban como muertos, y Él pronunciando Su Palabra, los levantó.

Y dijo a Adán, ¡Oh Adán!, toda esta miseria que has traído a ti mismo, no afectará mi decisión ni va a modificar mi pacto de 5 500 años, como ya dije».

Primer Libro de Adán y Eva XXI, 1 al 9

Que podéis comentar de esto, ¡*Adán* y *Eva* intentan suicidarse!; ¿os podríais haber imaginado algo así?, vaya movida.

Os vuelvo a recordar que lo escrito en estos libros hay que tomarlo con mucha calma.

Si, se quieren suicidar, pero hay que prestar atención en lo que hace *Eva*, y que más tarde volverá a aparecer, y es el culpabilizarse de todo lo que está ocurriendo, de la gran depresión que tienen la pareja por haber sido castigados y que, como *Adán*, destrozado, intenta quitarse la vida ella le sigue porque está convencida que todo ha sido por su culpa; creo que es esta la enseñanza de este capítulo.

Y como siempre, *Elohin* siempre ahí, junto a ellos, pendiente de lo que ocurre, *Él* nunca les abandona.

Pero además *Elohin*, vuelve a decir que no es la hora, que el regresará en cinco mil quinientos años; es reiterativo en esos años.

Para seguir entendiendo lo que sentían *Adán* y *Eva* cuando están en la *Cueva de Tesoros*, lean lo que se comenta en este párrafo.

«Y nos vemos obligados a entrar en esta cueva que es como una prisión, en la oscuridad que nos cubre, por lo que estamos separados unos de otros, y no puedes verme, ni yo puedo verte».

Primer Libro de Adán y Eva XXVI, 5

Pero más tarde *Elohim*, tuvo compasión, tantas oraciones y suplicas; al parecer se dedican a esto casi todo el tiempo; ocurriría lo siguiente:

«Y Elohim consideró el pensamiento de Adán, y envió al ángel Miguel, y en lo que respecta al mar que llega hasta la India, que tomara de allí unas barras de oro y se los lleve a Adán.

Esto hizo Elohim en Su sabiduría, a fin de que estas barras de oro dieran luz en la cueva durante la noche y ya no tengan miedo por la oscuridad».

Primer Libro de Adán y Eva XXIX, 6 y 7

¡Unas barras de oro desde la India!; ¿Qué sería esto?, ¿Algún artefacto extraño?, la verdad es que estas barras son algo tan misterioso; y es que manda al ángel a un lugar concreto. No sé, pero esto es algo que me llamo la atención la primera vez que lo leí y es algo que me ha rondado la cabeza durante mucho tiempo; no encuentro respuesta, pero tengo con esto una pregunta más; como siempre.

En el mismo libro, deberían los lectores leer los capítulos *XXXII* y *XXXIII*; no lo reproducimos ambos capítulos para no extendernos mucho.

Estos capítulos nos pueden dar a conocer el nivel de inutilidad de *Adán* y *Eva* para conseguir comida por ellos mismos, y sobre todo lo inocentes que son cuando se les promete cualquier cosa interesante.

En el primer de estos capítulos (*XXXII*) tras siete días sin comer ni beber, el día octavo *Adán* decide que deben orar al *Señor* para que envíe a sus ángeles y les lleven lo que necesite. Esto es bárbaro, en vez de buscarnos la vida, que no saben, rezamos y que nos lo traigan.

Pero no solo eso es que también piensa que orando tanto igual *Elohin* se lo piensa y vuelve a llevarlos al *Paraíso*.

Para ello van al mar, que por lo visto hay por allí, y *Eva* se queda en un lugar y *Adán* se va a otro sitio bastante más lejano y deben de orar metidos dentro en el agua durante treinta días.

Y todo ello para que el *Señor* les perdone y los vuelva a dejar entrar en el *Edén*. Leyendo estas líneas uno no sabe si es que son muy infantiles o, todo lo contrario.

Pero los dejamos ahí orando y en el capítulo *XXXIII*, *Satanás* vuelve a la carga, y otra vez con *Eva* a la que engaña nuevamente y haciéndose pasar por un ángel convenció a esta a salir del mar y marchar en busca de *Adán*, cuando llegaron donde estaba este último se extrañó muchísimo de la llegada de *Eva* y el ángel, aunque este pronto entendió de que este era nuevamente *Satanás* disfrazado.

Lo que a continuación leeremos hay que tener en cuenta,

esto es lo que está escrito:

«Estas cosas que les sucedió la segunda vez que bajaron al agua, siete días después de su salida del jardín.

Ellos estuvieron en ayunas en el agua por treinta y cinco días; pero en total cuarenta y dos días desde que salieron del jardín».

Primer Libro de Adán y Eva XXXIII, 15 y 16

Ahora observamos unas referencias sobre el tiempo transcurrido desde la expulsión del *Paraíso*; cuando volvieron a la cueva, habían pasado cuarenta y dos días desde la expulsión.

«Fue que en la hora tercera del día viernes, que me creaste, me diste mandamiento sobre el árbol al que ni debía acercarme, ni comer de su fruto, porque me dijiste Cuando comas del fruto de este árbol, ciertamente morirás».

Primer Libro de Adán y Eva XXXIV, 10

El mismo día que *Adán* fue creado, viernes, y claro era el penúltimo día de la semana por que el sábado descanso, es cuando le dice que no coma de cierto árbol.

Pero ¿Qué ocurre después?, algo curioso y que hay que tener también en consideración.

«Por otra parte, cuando me diste mandamiento sobre el árbol, Eva no estaba conmigo, no la habías creado todavía, ni había estado aún a mi lado, ni había ella escuchado su orden».

Primer Libro de Adán y Eva XXXIV, 12

Atención, el mismo *Adán* quiere justificar a *Eva* como que ella no existía cuando se prohibió el comer del árbol, por lo tanto, no podía haber pecado porque ella desconocía por completo este mandamiento.

Muy curioso este texto, lo de *Eva* es un detalle que desconocíamos y es de suma relevancia para lo que posteriormente ocurriría.

Pero seguimos en el siguiente párrafo, leemos también otra curiosidad.

> *«Entonces, al final de la tercera hora de aquel viernes, ¡Oh Señor!, me causaste un profundo sueño y estuve abrumado con aquel sueño».*
>
> *Primer Libro de Adán y Eva XXXIV, 13*

La continuación a esto es la creación de *Eva*, pero nosotros nos detenemos que *Adán* habla primero que en la tercera hora del viernes él fue creado, y ahora dice que al final de la tercera hora de aquel mismo viernes a él lo duerme para crear a *Eva*.

Pues bien, o las horas no las cuentan como nosotros en sesenta minutos o es que las horas daban para mucho ya que en menos de una hora se crea a *Adán* y a *Eva*.

Ven por qué les digo que los textos apócrifos hay que leerlos atendiendo a muchas razones, pero no es todo, esto es la consideración de la creación primero del hombre y después a la mujer de su costilla. ¿Y nos olvidamos de la creación con barro y al mismo tiempo de hombre y mujer?, la historia de *Lilith*, ¿se acuerdan queridos lectores?. Ahora parece que no existe, o bien no se quiere contar.

> *«Sin embargo, Adán comenzó a orar a Elohim y le suplico que le diera del fruto del árbol de la vida, diciendo así: ¡Oh Señor!, cuando transgredimos tu*

mandamiento a la hora sexta del día viernes, fuimos despojados de la brillante naturaleza y solo nos mantuvimos en el jardín por tres horas».

Primer Libro de Adán y Eva XXXVII, 4

Sigue con la oración y pidiendo se le dé el fruto del *Árbol de la Vida*, toda una osadía esta exigencia, ¿no?; pero que dice *Adán* casi al final que solo se mantuvieron en el jardín *"tres horas"*; pues sí que la liaron pronto, que brevedad, ¿tan solo tres horas duraron en el *Edén*?. ¡Uf!, vamos a seguir.

«Oh Adán, en cuanto a la fruta del árbol de la vida que me has pedido que te dé, no te la voy a dar por ahora hasta que se cumplan los 5.500 años; en este momento te daré del fruto del árbol de la vida y entonces comerás y vivirás para siempre, tú y Eva y tus descendientes justos».

Primer Libro de Adán y Eva XXXVIII, 2

Otra vez, seguimos con la misma cifra de años, ¿pero cuando se inicia este recuento?, ¿Cuándo finalizan estos cinco mil quinientos años?, ¿Qué nunca podremos conocer estas respuestas?

Es un tema que me desquicia y me gustaría, aquí sí, tener una respuesta.

En este mismo libro, en los capítulos *XLIII* y *XLIV*, se narra otra nueva aventura con *Satanás* y esta vez les quema la *Cueva de Tesoros*, a los pobres *Adán* y *Eva*; solo les faltaba esto, pero todo el mundo tranquilo, como siempre *Elohin* les salvaría del problema.

Lo que no comprendo es como *Satanás* en este libro, y tal como se cuenta, tiene tanta impunidad en hacer de las suyas, en todo momento pone en aprietos y en problemas a dos seres indefensos, y *Elohin*, les protege, pero cuando este ha hecho su mal, ¿y por qué no antes?, o siendo omnipotente ¿Por qué no se deshace de este incordio para siempre?

> *«Y esta, oh Adán, es una señal de lo que será cuando yo venga en medio de tu descendencia y camine entre ellos; Satanás hará que la gente se ponga en mi contra hasta la muerte, luego una gran roca sellará mi sepultura y estaré dentro por tres días y tres noches».*

Primer Libro de Adán y Eva XLIX, 8

Sobre esto, creo que está muy claro, es la profecía de la resurrección, ¿o me equivoco?.

De nuevo, vuelvo a insistir, y lo hare aún en más ocasiones, los textos *Apócrifos* hay que leerlos con mucha delicadeza, no creamos que lo que estamos leyendo son *Dogmas de Fe*, son textos escritos muchos siglos después de la historia que nos cuentan, ahora bien, esos escritos no sabemos si son copias de otros textos o es la escritura de la tradición oral.

Nuevo capítulo de la vida fuera del *Edén* tras el incendio, se quedaron sin ropa.

La ropa, de pieles, que se les facilito, la habían perdido al intentar salvar sus pertenencias y ahora se encontraban desnudos otra vez. *Elohin* les indicó que marcharan a recoger las pieles de unas ovejas que habían sido devoradas por unos leones; eso hicieron marcharon a por ellas, y allí ya estaba de nuevo *Satanás*, dispuesto a quemar o tirar al agua estas pieles, suerte que *Elohin* lo detuvo. Esto ocurre en el capítulo *L* y *LI*. Y en el siguiente una gran novedad.

«Entonces Elohim les envió su ángel para mostrarles cómo trabajar las pieles. Y el ángel dijo a Adán, "Vayan y traigan algunas espinas de la palma", entonces salió Adán y trajo algunas como el ángel le había mandado.

Entonces el ángel antes de que ellos comenzaran a trabajar las pieles, tomó las espinas y fue pegando la piel a la manera de como uno prepara una camisa.

Entonces el ángel de nuevo se puso de pie y oró a Elohim para que las espinas que estaban en las pieles estén ocultas y quedan las pieles bien unidas, como cuando pasamos el hilo.

Y así fue, por orden de Elohim, y se convirtieron en prendas para Adán y Eva, y Él los vistió de esta manera.

A partir de ese momento Adán y Eva no vieron más su desnudez, pues ya habían sido vestidos.

Y esto ocurrió al final del quincuagésimo primer día».

Primer Libro de Adán y Eva LII, 5 al 10

Esto ocurría el día 51 después de la expulsión del *Edén*, por fin aprenden a fabricar sus ropas. Podemos observar que son dos individuos muy frágiles y que *Satanás* no es el único problema que tiene, ellos desconocen como subsistir en este nuevo mundo que les toca vivir.

En el próximo capítulo, de nuevo, aparece *Satanás*, pero nosotros dejaremos ese momento y seguiremos unas líneas después; ahora leeremos una nueva profecía que *Elohin*, les dice a *Adán* y *Eva*.

«Por lo tanto voy a traer sobre su descendencia una gran inundación de aguas que los abrumará a todos.

Pero haré que los justos sean librados y los llevaré a un lugar lejano, y esta tierra donde ustedes viven quedará desolada y sin habitantes».

Primer Libro de Adán y Eva LIII, 7

El *Creador*, en esa época ¿ya sabía lo que haría un tiempo después?. Está diciéndoles que enviara una gran inundación, un *Diluvio*.

Hay un capítulo en este *Primer libro de Adán y Eva*, el número *LXIX*, en el que aparece, como no, *Satanás*, y esto ocurre:

«Adán fue entonces para hacer su ofrenda sobre el altar y comenzó a orar levantando sus manos ante Elohim

Entonces Satanás se apresuró y con la fuerte piedra de fierro que tenía golpeó el lado derecho de Adán, perforándolo, del cual fluía sangre y agua, entonces Adán cayó sobre el altar como un cadáver, y Satanás huyó».

Primer Libro de Adán y Eva LXIX, 1 y 2

Vaya, *Satanás* mata a *Adán* que se encontraba realizando una ofrenda; naturalmente que *Elohin*, otra vez, interviene y le devuelve la vida, pero ¿Por qué *Elohin* no acaba de una vez con *Satanás*?, no lo comprendo.

Según este texto esto ocurría ciento cuarenta días desde la salida del *Jardín*.

Según hemos contado, durante el tiempo transcurrido desde la expulsión del *Edén* hasta el nacimiento del primer hijo de *Adán* y *Eva*, *Satanás* realiza un total de 14 actos intentando boicotearlos, asesinarlos, engañarlos, bueno de todo.

Y vamos ya finalizando este capítulo. Promovido por el propio *Satanás*, intentaba que *Adán* se uniera a *Eva* incluso algunos de sus seguidores se le aparecieron como muy bellas doncellas. *Adán* no cayó en el engaño, pero si le hizo pensar sobre el tema y lo comentó con *Eva*.

La idea de esta unión les agradó a ambos y se la pusieron en conocimiento de *Elohin*, este tras meditarlo accedió a ello. Según aparece en este texto *Apócrifo*, ambos se *"casaron"* en una ceremonia, y así se podían unir para tener descendencia.

Esto ocurre en el *Primer libro de Adán y Eva*, en los capítulos *LXX* al *LXXIII*.

Y es aquí donde finalizamos este capítulo de nuestro libro, tal vez ha sido de una lectura algo engorrosa, pero creo que era de necesidad el exponer esa parte de la vida desconocida de *Eva* y de *Adán*.

Sigo insistiendo que todo lo expuesto es de un texto *Apócrifo* por lo que su lectura para su interpretación debe de ser bastante afilada. Como ya he indicado en diversas ocasiones, todas las historias que tratamos aquí son historias muy antiguas, que teóricamente en un principio se pasaron por tradición oral para más tarde ser escritas, y durante ese tiempo, y tiempos posteriores, han sido adaptadas a la época, al narrador y al espectador, y por ello o de manera fortuita o *"queriendo"* a la propia conveniencia, se han modificado estas historias; y todo esto es válido para los textos canónigos como lo apócrifos.

PROGENIE

Ya hemos podido conocer lo que podría haber ocurrido a *Adán* y a *Eva* tras la expulsión del *Paraíso*; ¿pero realmente ocurrió lo que hemos leído en el anterior capitulo?, esa respuesta, al menos por el momento, es incontestable, habrá que esperar a que se encuentren restos físicos de lo que podría haber sucedido. Hasta ahora solo hay unos textos que cuentan lo ocurrido y son textos que podrían muy bien ser de dudosa confianza.

Pero de momento es lo único que tenemos, y es lo único con lo que podemos estudiar e intentar experimentar para responder a nuestras dudas.

Después de este tiempo en que los *"padres de la humanidad"* estuvieron viviendo fuera del *Edén* vendría su descendencia y es lo que a continuación vamos a intentar dar algunos de los datos, interesantes todos ellos, con los que podemos crearnos una idea de lo que podría haber ocurrido; sigo insistiendo, que no es la verdad absoluta, todo sale de información de textos muy nebulosos, pero no hay más, al menos por el momento.

Intentaremos ordenar de manera cronológica los hechos de los nacimientos de los diversos hijos, sus *"matrimonios"* su descendencia, hasta el gran diluvio, hasta *Noé*.

Creo que será un viaje interesante, y aunque veremos cosas algo enrevesadas, también encontraremos otras curiosas e inesperadas.

No me gustaría extenderme mucho más en la introducción de este capítulo, y ya tan solo indicar que utilizaremos los mismos libros *Sagrados* y los *Apócrifos* indicados en capitulo anterior.

Dicho esto, vamos a empezar, y advierto que me disculpéis si en algún momento la cronología que intento seguir no lleva un orden adecuado, pues habrá algunos saltos inesperados. Es todo algo complicado por las diferencias en la información que aparece en los diversos *Libros*.

> *«El hombre conoció a su mujer y ésta concibió y parió a Caín, diciendo: He tenido un hombre gracias a Yavé. Tuvo después a Abel, hermano de Caín...»*

Génesis 4, 1 y 2

Sobre el nacimiento de los primeros hijos no dice nada más este libro, más adelante si contará cosas de las historias de los hermanos que leeremos en unos momentos. Algo que no vamos a comentar más de lo que estamos diciendo ahora es lo que dice *Eva*:

"He tenido un hombre gracias a Yavé".

No sé si al leer esto me recordará algo que veremos más tarde, y no digo más. También a mis amigos lectores, les recuerdo hagan memoria sobre el significado de la palabra *"conoció"*.

Ahora pasaremos al *apócrifo Apocalipsis de Adán*, en este libro, *Adán*, cuenta a su hijo *Set* las historias de la creación humana y la necesidad de alabar a *Yavé*; y esto es lo que le dice el padre a su hijo, la historia de lo que ocurrió cuando estando en un *"posible"* sueño *Adán* y *Eva* observaron a tres hombres que estaban frente a ellos y que un principio *Adán* no los reconoció.

Pero atentos queridos lectores, les aconsejo que lean este capítulo 2 del libro mencionado y en el tercer párrafo, recuerden que se lo cuenta a su hijo *Set*, vamos a leer:

«Entonces YHWH Sebaot, que nos había formado, copuló y creó un hijo de sí mismo con Eva, tu madre. Mientras los miraba copular, yo sentí un dulce deseo de tu madre, para [...] en mis pensamientos [...] Yo comencé a sentir un deseo dulce y hechizante hacia tu madre. Un deseo, hasta ese momento, desconocido para mí. Entonces el vigor de nuestro conocimiento eterno fue destruido en nosotros. Y la debilidad nos persiguió. Por lo tanto, los días de nuestra vida se convirtieron en limitados. Porque yo intuía que había ingresado a una región donde la autoridad es la muerte».

Apocalipsis de Adán 2

[...] significa que faltan palabras en el texto original.

¿Lo han leído bien amigos?, *"Entonces YHWH Sebaot, que nos había formado, copuló y creó un hijo de sí mismo con Eva"*. Según esto es *"YHWH Sebaot"* quien *"conoce"* a *Eva* y no hablemos de los comentarios de *Adán* viendo como su esposa yacía con *ÉL*, y además indica *"…comencé a sentir un deseo dulce y hechizante hacia tu madre."*, vaya hombre, esto tiene un significado demasiado claro, ¿no creen?

En este *Libro* no indica si tras este acto hubo alguna concepción y posterior nacimiento de alguno de los hijos, bueno si, creó un hijo, por lo que desconocemos que pudiera ocurrir, y mucho cuidado con las conclusiones que podamos sacar. Algunos investigadores afirman que tras lo descrito anteriormente podría haber nacido *Set*;

ahora bien, es muy difícil demostrar nada claro.

En otro de estos libros mencionados en anterior capítulo también menciona el nacimiento de sus primeros hijos, pero de manera muy breve.

«Y concibió Eva y dio a luz dos hijos: Adiaphotos, que se llama Caín y Amilabes que se llama Abel».

Apoc. de Moisés o Test. de Adán y Eva 1, 3

No dice gran cosa, pero sí que podría complicar el significado de esta cita. Tenemos claro lo que ocurrió, pero también podría indicarnos que nacieron juntos, es decir, gemelos, no menciona nada solo que tuvo esos dos hijos.

Creo que está bien claro, tan solo indica que tuvo, al menos de momento, estos dos hijos y que no fueron gemelos si no que se diferenciaron en el tiempo lo que aquí no lo indica porque es muy escueto

Ahora vamos a pasar a otro libro en el que más que lo relativo al nacimiento de alguno de sus hijos veremos cómo *Eva* vuelve a señalar que ella es la culpable de la pena que les rompe el corazón a ambos; es algo que ya hemos leído en el capítulo anterior.

«Y Eva dijo a Adán: Vives tú, mi Señor, que larga vida se te conceda, ya que no has cometido ni el primer ni el segundo error. Pero erré y soy desterrada por no haber cumplido con el mandamiento de Dios, y ahora me destierro de la luz de tu vida y me voy a ir hacia el ocaso, y no voy a ser, hasta que me muera. Y ella comenzó a caminar hacia el oeste llorando amargamente en voz alta. Y ella hizo allí un lugar, estando ella de tres meses de su primer hijo».

El libro de la vida de Adán y Eva XVIII

He señalado esta cita simplemente para indicar que *Eva* tiene una aflicción muy fuerte por lo sucedido, por el castigo que tienen que cumplir.

En la lectura de diversos *Libros* lo observamos repetidamente, ya lo indicamos en páginas anteriores; es muy fuerte la sensación de culpabilidad de *Eva* por lo ocurrido, y ahora estando embarazada de tres meses y como se indica de su primer hijo.

Vamos a seguir con este *Libro*, ahora veremos a una *Eva* aterrada porque se encuentra sola, al parecer *Adán* estaba en otro lugar algo lejano, y vemos a una mujer asustada mientras se acerca su primer parto, que no olvidemos, es el primer parto de la historia y que esta mujer poca experiencia tiene de lo que le espera.

> *«Y cuando el momento del parto se acercó, empezó a ser afligida con gran dolor, y lloró en voz alta al Señor y dijo: "Piedad de mí, Señor, ayúdame". Pero no fue escuchada y Dios, el Señor, no tuvo de ella misericordia. Entonces ella se dijo a sí misma: "¿Quién le dirá a mi Señor Adán? Les imploro a ustedes, luminarias de los cielos, a la hora que regresen a la zona oriental, que lleven un mensaje a mi Señor Adán"».*

El libro de la vida de Adán y Eva XIX

Pobre *Eva*, iba a tener su primer hijo totalmente sola porque *Adán* no se encontraba junto a ella, ¿y porque se había ido?; solo se le ocurrió pedir al *Señor* para ser ayudada pero no obtuvo ninguna respuesta; esto debería de ser tremendo para una persona tan poco preparada para esa vida que les tocó vivir. Y *Dios* no la quiso escuchar, ¿Por qué? No lo comprendo. Además, según lo leído en la página 47, podría ser su propio hijo.

«Por esa misma hora, Adán dijo: No sé nada de Eva. Quizás, una vez más la serpiente está luchando con ella. Y se fue a buscarla y la encontró en su gran angustia. Y Eva le dijo: Desde el momento en que te vi, mi Señor, mi dolor se alivió y mi alma se tranquilizó. Y ahora acércate al Señor Dios en mi nombre, tal vez te escucha a ti y viene a mí y me libra de mis terribles dolores. Y Adán se acercó al Señor por Eva».

El libro de la vida de Adán y Eva XX

Pobre *Eva*, tal como nos indica en estos escritos ella tuvo que ser una gran mujer, fuerte y sobre todo amante de su pareja por que junto a *Adán* parece que estaba muy cómoda y muy segura. Recordemos como en el ataque de la serpiente contra *Eva* este la defendió con sus manos.

«Y he aquí, vinieron doce ángeles y dos virtudes, y se pusieron de pie a la derecha y a la izquierda de Eva, y Miguel estaba de pie sobre el lado derecho, y animando y ayudando dijo a Eva: Bendita eres tú, Eva, y Adán en sí, sus intercesiones y oraciones son grandes, y el Señor me ha enviado para que reciban nuestra ayuda, te levanta ahora, y te prepara para soportar. Y dio a luz un hijo y él fue brillante, y al mismo tiempo el chico se levantó y corrió, tomó una brizna de hierba en sus manos, y se la dio a su madre, y fue llamado Caín».

El libro de la vida de Adán y Eva XXI

No comprendo, ¿Por qué el *Señor* no escucha a *Eva*?, tiene que ser *Adán* el que suplique para que ayude a su compañera; creo que la escritura de estos capítulos podría estar marcados por ese machismo tan rancio de muchas culturas en la antigüedad (y que aún perdura en la actualidad), culturas que a su vez le daban una gran fortaleza a la mujer y al hecho de ser ellas las que traen los hijos al mundo, vamos una gran hipocresía.

Si, sé que me he extendido copiando estos textos, lo siento, pero he creído interesante mostrarlos tal como están, ya no tan solo por el nacimiento de *Caín*, que sorpresa, cuando nace este, se levanta y cogiendo una brizna de hierba se la entrega a su madre, esto recién nacido. ¡vaya hombre, que espabilado el crio!.

Pero lo que quiero remarcar es, el desprecio, o no, o el abandono hacia *Eva* en un momento tan importante para cualquier mujer, y más cuando es la primera vez no para ella si no para cualquier otra mujer que está pariendo un hijo; y me entristece que tenga que ser *Adán* esa ayuda y ese consuelo para su compañera y que a él si lo escuche, no se ¿en qué cabeza cabe esto?.

Me repito, son libros *Apócrifos*, hay que leer, pero no tenemos que aceptarlo como una verdad de la que no se puede dudar, todo lo contrario.

En el capítulo *XXII* de este mismo libro en una pequeña línea se indica que a *Eva* le nacía un segundo hijo cuyo nombre era *Abel*, simplemente eso.

Pero sigamos con las diversas historias de los diversos nacimientos de los hijos de *Adán* y *Eva*.

> *«En el tercer septenario del segundo jubileo, parió Eva a Caín, y en el cuarto a Abel, y en el quinto a su hija Awan».*
>
> *Libro de los Jubileos 4, 1*

Aquí se nos indica concretamente las fechas de nacimiento de *Caín*, de *Abel* y de la hija *Awan*. ¡Una hija!, pues sí, por primera vez podemos leer que *Adán* y *Eva* tuvieron una hija, esto, como otras tantas cosas que leemos en estos libros, para algunos algo desconocidos, es realmente sorprendente.

Volveremos ahora seguidamente a la historia de los hijos, ahora intentare explicar que son los años jubileos en el mundo hebreo que en tantas ocasiones estamos leyendo en estas citas.

El término *Jubileo* proviene del hebreo *yobel* o *jobel* y es una celebración cada cincuenta años en el que, en tiempos ancestrales, los judíos celebraban un año sabático.

Se sabe que los judíos observaron esta práctica hasta su cautiverio en Babilonia, al parecer se siguieron contando estos *jubileos*, aunque no fueran celebrados, para tener el arreglo en el orden de los años y sus festividades. Un poco más adelante lo detallaremos mejor.

Seguimos con los hijos de la pareja y ahora pasamos a otro libro, otro *Apócrifo*, al que tendremos que tener la cautela necesaria en cuanto a la interpretación de los textos mostrados; ahora leeremos una historia con algo de lo que ya hemos leído con anterioridad, y es el dolor del parto.

«Adán luego tomó a Eva de la cueva y cuando llegó el momento de dar a luz, ella se asustó mucho. Y Adán sintió mucha compasión, y estaba muy preocupado por ella porque creía que estaba cerca de la muerte y las palabras de Elohim, sobre su fin, se estaban cumpliendo: "Con sufrimiento tendrá a sus hijos y con dolor los dará a luz".

Pero cuando Adán vio el peligro en que Eva estaba, se levantó y oró a Elohim, y dijo: "Oh Señor, mírame con ojos de compasión y de misericordia y libérame de esta angustia"».

Primer Libro de Adán y Eva LXXIV, 3 y 4

Veamos, es la primera mujer, es el primer parto, nadie jamás había ni visto ni había podido sufrir algo así y ni que le pudieran explicar a *Eva* como iba a ser. Todo era nuevo, y por ello esta mujer estaba algo más que asustada, estaba llena de pánico por esa experiencia nueva para la humanidad.

Pero esto no es todo, *Adán* pide a Elohin lo siguiente *"Oh Señor, mírame con ojos de compasión y de misericordia y libérame de esta angustia"».*

Le pide compasión, ¿misericordia y que le libere de esa angustia?, ¿a él, a *Adán*?, ¿Y no pide por *Eva*? Pues vaya acto de egoísmo, ¡solo piensa en el mismo no por *Eva*! ¿Tan egocéntrico era *Adán*?, esto es algo que cuando lo leí no me lo esperaba, no creí que *Adán* fuera tan vulgar que solo desea que le quiten la angustia a él.

Vamos a seguir leyendo que vamos a encontrar algunas curiosidades.

«Y Elohim miró a su sierva Eva, y en su entrega, dio a luz a su primer hijo, y con él una hija.

Y se regocijó a Adán en Eva y agradeció por la liberación del dolor y también por los hijos nacidos. Adán y Eva rindieron culto en la cueva, hasta el final de ocho días, y a su hijo llamó Caín y a la hija Luluva.

Y el significado de Caín es "odio", porque odiaba a su hermana en el vientre materno, antes de que naciera. Por lo eso Adán lo nombró Caín.

Pero Luluva significa "hermoso", porque era más hermosa que su madre».

Primer Libro de Adán y Eva LXXIV, 5 al 8

¡Sorpresa!, gemelos, el primer parto de *Eva*, el primero de la humanidad fue de gemelos; ¿os lo esperabais?, es sorprendente el capítulo de este libro, ahora luego seguiremos con más; porque en las citas de este parto doble podemos leer que *Adán* y *Eva* agradecen a *Elohin* la liberación del dolor de esta, o bien le retira los dolores del parto o es simplemente que al nacer desparecen estos dolores al finalizar el nacimiento.

Pero amigo lector no va a negarme que un parto de gemelos, chico y chica, no es algo emocionante y alucinante; esto no nos lo esperábamos.

Pero sigamos con lo que hemos leído, y es una frase muy tremenda.

«Y el significado de Caín es "odio", porque odiaba a su hermana en el vientre materno, antes de que naciera».

¿Que odiaba a su hermana en el vientre materno?, ¿puede que lo notara *Eva* y se lo dijera a *Adán*?, con antelación a estos hechos no se ha leído nada que indicara o diera a sospechar esta manera de ser de *Caín* hacia su hermana, los padres no lo nombran.

Parece ser que el futuro de *Caín* ya estaba escrito antes de que este naciera, algo muy triste.

Bueno, si seguimos leyendo en el *apócrifo* leeremos que realizan dos ofrendas, uno por cada niño, pero observando los días de cuarentena que *Elohin* les indicó para los diversos actos bien sean varones o hembras. ¿Puede que algún día sepamos si es que hay alguna diferencia de pureza?. No lo entiendo.

Pero la vida ahora para los cuatro habitantes, y ya una familia, sigue, y nosotros también seguimos con lo que ocurre en esta apasionante historia que nos asombra capítulo a capítulo.

«Cuando los niños fueron destetados, Eva concibió una vez más, y cuando su embarazo llegó a término, dio a luz a otro hijo e hija. Y ellos fueron llamados Abel, el hijo, y Aklia, la hija».

Primer Libro de Adán y Eva LXXXV, 11

¡Han repetido!, niño y niña; otra pareja de gemelos, ¿pero esto que es?.

Pronto tuvieron más descendencia, cuando destetaron a sus dos primeros hijos que además fueron de nuevo gemelos, una mujer y un varón *Aklia* y *Abel*, al último lo conocíamos pero a la primera es una total desconocida como su hermana *Luluva*, ¿pero se acuerdan de *Awan* una chica que también nace de *Eva*, al final de la página 51 de este mismo capítulo?, la mencionamos, está escrito en el *Libro de los Jubileos*, y nos indica que viene después de *Abel*, pero no sabemos si en el mismo momento, pudiendo ser gemela de este último, o bien nacida más tarde después que *Abel*.

Lo que si tenemos que tener claro es que no fueron tan solo los dos primero hijos más un tercero tal y como tenemos metida esta historia en la cabeza.

Ahora seguiremos con la vida de los primeros dos hijos varones de *Adán* y *Eva*; antes que nada, indicar que en todos los textos tanto *canónigos* como *apócrifos*, en contadas ocasiones se sigue el linaje o la historia de las mujeres, siempre es el del hombre (normalmente el primogénito). Es por lo que en todos estos libros mencionados siguen esa costumbre de ser el varón quien marca la historia, es por ello que continuamos con la vida de *Caín* y *Abel*; además de que, de sus hermanas, si no es por los *apócrifos* desconoceríamos su posible existencia.

Tras esta pequeña aclaración vamos a seguir en lo que fue la vida de *Caín* y *Abel*.

En este momento vamos a pasar a lo que marcaría una trágica segunda etapa para el ser humano, la primera sería el tomar del fruto prohibido y esta segunda la del primer homicidio en estos recientes humanos.

> *«Pasado algún tiempo presentó Caín a Yavé una ofrenda de los frutos de la tierra. También Abel le ofreció los primogénitos más selectos de su grey, Yavé se complació en Abel y su ofrenda, mientras que le desagradó la Caín y la suya. Caín entonces se encolerizó y su rostro se descompuso».*

> *Génesis 4, 3 al 5*

¿Por qué ocurre esto?. Yo particularmente no lo entiendo, la ofrenda de *Abel* es aceptada, pero la de *Caín* no es así; en un momento leeremos que *Yavé* advierte a *Caín* de lo que va a pasar, ¿pero había algún motivo para ello?, me refiero a no aceptar la ofrenda de *Caín*, realmente no me explico del por qué.

Seguimos en el mismo capítulo y leamos más sobre lo ocurrido.

> *«Yavé le dijo: "¿Por qué te encolerizas y te muestras malhumorado?, ¿y por qué vas con la cabeza agachada?. Si tu obraras bien, ¿no tendrías alta la*

cabeza?; pero si haces el mal el pecado está a las puertas de su casa. Su acoso es contra ti, y más tú puedes contenerlo"».

Génesis 4, 6 y 7

¿Qué ocurre aquí?, algo no se ha escrito anteriormente a estas líneas, *Yavé* le dice el motivo de que no acepta la ofrenda, le indica incluso que es porque no hace el bien si no el mal, pero si leemos con anterioridad a esto no hay absolutamente nada de este *"haces mal"*, ¿faltan líneas en esta historia?, ¿si es así, porque se eliminaron?, una historia a medias ya sabemos lo que es, y esta es una de ellas porque nos falta algo que en los textos canónigos no lo encontramos.

Vamos a seguir leyendo de otros lugares y puede que nos dé un poco de luz a lo que estamos preguntándonos. Puede que podamos aclarar alguna cuestión.

«Y los niños comenzaron a crecer más fuertes y más altos, pero Caín era duro de corazón, y se pronunció sobre su hermano menor.

A menudo, cuando su padre hacía una ofrenda, Caín se quedaba y no iba con ellos, y no ofrecía nada.

Pero, en cuanto a Abel, él tenía un corazón manso, y fue obediente a su padre y a su madre. Él se trasladaba con frecuencia a hacer una ofrenda, porque él amaba. Él oró y ayunó mucho».

Primer Libro de Adán y Eva LXXVI, 1 al 3

Es aquí donde podemos tener una aclaración a esta duda del por qué Yavé no aceptaba las ofrendas de Caín. Si desde jóvenes ocurría esto, cuando fueron más mayores, podría deberse a que Caín lo tomaba como con cierta obligación y no como una devoción para dar gracias. ¿Podría ser por esto?

Vamos a seguir por que en el capítulo del libro en el que estamos, hay un montón de curiosidades históricas que tenemos que tener en cuenta. Curiosidades de lo que pudo haber ocurrido.

Ahora seguimos con lo que le ocurrió a Abel en la conocida *Cueva de los Tesoros*:

«Y esa noche, mientras estaba orando, Satanás se le apareció bajo la figura de un hombre, que le dijo: "Tu constantemente has ido a hacer las ofrendas con tu padre, has hecho oración y ayuno, por esto, te voy a matar y te quitaré de esta tierra".

Pero Abel oraba más fervientemente y echó al Satán fuera y no creyó ninguna de las palabras que le había dicho. Luego, cuando era ya de día, un ángel de Elohim se le apareció y le dijo: "No cortes tu ayuno y tu oración, porque son ofrendas a Elohim, mira, el Señor ha aceptado tu oración y no tengas miedo a lo que el Satán te dijo anoche, sobre la muerte" Y el ángel se retiró.

Entonces, cuando fue de día, Abel llegó a Adán y a Eva, y les dijo de la visión que había visto. Cuando oyeron esto, se angustiaron mucho por él, pero no le dijeron nada sobre esto, sino que sólo lo confortaron».

Primer Libro de Adán y Eva LXXVI, 7 al 9

Otra vez *Satanás*, ahí está, nunca desaparece, yo me pregunto una y mil veces por qué no fue eliminado con mucha anterioridad seguro que la historia se habría escrito de otra manera; o ¿tal vez *Satanás* no fuera lo que parece ser?, hablaremos de ello mucho más adelante.

«Pero en cuanto a Caín, Satanás también vino a él por la noche y mostrándose a sí mismo le dijo: "Adán y Eva tienen mucho amor por tu hermano, más que a ti, y le van a dar en matrimonio a tu hermana que es muy bella, porque a él le gusta, pero a ti, te van a dar la hermana fea porque ellos te odian.

Ahora escucha, antes de que lo hagan, te estoy diciendo que debes matar a tu hermano. De esta forma tu hermana quedará para ti, porque quedará sola."

Y el Satán se apartó de él. Pero las palabras que el Satán pronunció se quedaron en el corazón de Caín, y con frecuencia deseaba matar a su hermano».

Primer Libro de Adán y Eva LXXVI, 10 al 12

Vaya repite lo mismo de manera similar con *Caín*, pero a este, a diferencia de su hermano *Abel*, sí que marca lo que *Satanás* le indica, esa es lo que distinguía de un hermano con el otro que no creía las mentiras del *caído*. Peo me surge una duda, ¿Por qué no se le aparece un ángel como a *Abel*?.

Si continuásemos con este *Primer Libro de Adán y Eva*, podríamos leer que *Adán* insiste a ambos hijos a que realicen una ofrenda a *Elohin*; pero vamos a ver si el lector está atento a los siguientes párrafos y descubre algo. Recuerden que *Adán*, requiere a sus hijos que realicen una ofrenda.

«Entonces Abel obedeció la voz de su padre, y tomó algunos frutos de sus siembras, e hizo una buena ofrenda, y dijo a su padre, Adán, "Ven conmigo y muéstrame la forma de hacer una ofrenda satisfactoria

y correcta"».

Primer Libro de Adán y Eva LXXVII, 3

No hay que decir que *Elohin*, acepto y agradeció esta ofrenda de *Abel*. Ahora seguiremos con *Caín*.

«Pero, Caín, no quería hacer una ofrenda, solo después de que su padre estuvo muy enojado, Caín aceptó y tomó la oveja más pequeña y la llevó a la ofrenda, pero cuando estaba ofreciéndola sus ojos estaban en la oveja.

Por lo cual Elohim no aceptó su ofrenda, porque su corazón estaba lleno de pensamientos asesinos».

Primer Libro de Adán y Eva LXXVII, 7 a 8

Primero tratamos sobre lo que hemos leído; son dos solicitudes de *Adán* a sus hijos y cada uno de ellos responde de diversa manera; *Abel*, de buen grado ofrece esta ofrenda y, es más, si leyéramos un poco más veríamos que lo repite hasta tres veces por semana; el chico estaba agradecido.

¿Pero qué pasa con *Caín?* él se niega a realizar esa ofrenda, está muy angustiado por lo que *Satanás* le había mostrado, estaba herido, estaba muy disgustado, con su hermano, con sus padres, con el mismo *Elohin* y tal vez con él mismo. Solo después de que *Adán*, su padre, se enojara accede a realizarla ofrenda; pero esta la hace de muy mala gana por que para esta ofrenda toma la oveja más pequeña.

La respuesta de *Elohin* es que no lo acepta, algo que lo hace sin que le salga del corazón y como se dice lleno de pensamientos asesinos, no es aceptable. Es normal de esta respuesta y de que esto marque más aun el carácter de *Caín*, así y todo, no comprendo del inicio de esta enemistad.

¿Amigos lectores no han notado nada extraño?, ¿no han leído algo que no encaja?; deberían de leer de nuevo los párrafos de este libro que estamos en estos momentos utilizando; pero bueno, les ayudaré un poquito.

Según hemos leído para la ofrenda *Abel* "*...y tomó algunos frutos de sus siembras...*", esto lo han leído, ¿no es así? y ahora seguimos con su hermano mayor *Caín*, "*...aceptó y tomó la oveja más pequeña...*", ¿Lo han notado ya?, ¿aún no?, pues para quienes no hayan encontrado el detalle les pido que sigan leyendo lo escrito en el *Génesis*:

> «*Tuvo después a Abel, hermano de Caín. Abel fue pastor y Caín agricultor*».

Génesis 3, 2

¿Ahora han notado eso que varía un poco la historia?; no creo que sea algo muy importante, qué más da que uno sea una cosa y el otro, otra cosa; creo que es algo irrelevante, pero me llama la atención que no coincidan en ese detalle dos de los libros tan especiales, uno por que se le atribuye su escritura a *Moisés* y el otro que trata sobre la vida de los primeros humanos y relata sus historias, ¿Por qué esa diferencia?; ¿que algunos aún no saben de lo que hablamos?; pues en el *Génesis Abel* es pastor y *Caín* es agricultor y en este *Primer libro de Adán y Eva* los trabajos están invertidos. ¿Verdad que es curioso? Pues otra cosa más de esta fantástica historia que nos deja un poco indefinidos.

Sigamos con estos dos hermanos, que ahora la historia se pone algo tensa; sí, es cuando empezamos a relatar la muerte, el asesinato de *Abel*.

> *«Caín dijo después a su hermano Abel: "Vamos al campo." Cuando se encontraron en el campo, Caín se arrojó contra su hermano Abel y le mató.»*

Génesis 4, 8

No encontramos nada más en este libro sobre la muerte de *Abel*, es curioso, porque creo que es un hecho muy importante y debería haber algo más, pero bueno si el autor no creyó interesante en insertarlo, no voy a ser yo quien ponga pegas, pero sigo creyendo que la historia ésta es bastante importante y transcendental como para haber señalado algunos detalles sobre lo que ocurrió entre los hermanos y posteriormente a este acto lo acaecido dentro del núcleo de la familia.

En los versículos posteriores sí que está la comunicación que tienen *Yavé* y *Caín*, sobre la muerte del hermano y también podemos leer lo que el asesino le dice a *Yavé*.

> *«Tú me arrojas de aquí y tengo que ocultarme a tu mirada; errante y fugitivo, vagaré sobre la tierra y cualquiera que me encuentre me matará.»*

Génesis 4, 14

Paramos un momento, ¿Qué dice *Caín*? *«…cualquiera que me encuentre me matará.»*; que me entere yo, según el *Génesis*, que es de donde sale esta frase, en estos mismo instantes hay tan solo tres seres humanos, *Adán*, *Eva* y el mismo *Caín*, ¿a quién se refiere con lo de *"cualquiera"*?, ¿Significa que había más humanos?.

Y tras esto una contestación de Yavé que en cierta manera tranquiliza al mismísimo *Caín*.

> *«Dijo le Yavé: "No será así; si alguien matare a Caín, será este vengado siete veces." Y Yavé puso una señal*

62

a Caín para que nadie que le encontrase le matara».

Génesis 4, 15

Esto es lo que aparece en el texto oficial del *Génesis*, ahora veremos, sobre la muerte de *Abel*, que nos dicen otros libros que tratan este tema.

«Y después de esto, mientras dormían, Eva despierta del sueño y dice a Adán su Señor:

Mi Señor Adán, he aquí, que he visto en un sueño esta noche la sangre de mi hijo Amilabes (Abel) que se vierte en la boca de su hermano Caín, el que la bebe sin piedad.

Pero él le suplicó que le deje un poco para que viva, sin embargo, él no lo escuchó, y dio golpes, tantos, que no se detuvo, si no que salió toda su ira por su boca. Y Adán dijo:

Salgamos a ver lo que les ha sucedido a ellos. Temo que el adversario pueda atacarlos en alguna parte y deseo evitarlo.»

Apoc. de Moisés o Test. de Adán y Eva 2, 1 al 4

Es un sueño de *Eva* quien advierte de lo que ha ocurrido, no tenían constancia de ello, pero en ese sueño tiene esa premonición de lo que ha acontecido y teme lo peor. Hasta ese momento no hemos leído nada que nos indicara algún tipo de sospecha de lo que acaba de señalar, pero sigamos:

«Y ambos fueron encontrados y Abel había sido asesinado por la mano de su hermano Caín. Entonces El Señor Dios envió al arcángel Miguel para que le diga a Adán:

Tú sabes lo que hizo tu hijo Caín y no es secreto que él

es hijo de ira. Pero no te duelas tanto por la muerte de Abel, porque yo te voy a dar otro hijo en su lugar y él será alegría para ti en todo lo que haga Así habló el arcángel a Adán.

Mas Adán guardó estas palabras en su corazón, y con él también la esperanza, a pesar de que sentía un inmenso dolor por su hijo Abel.»

Apoc. de Moisés o Test. de Adán y Eva 3 1, al 3

Encuentran el cuerpo de *Abel*, y es el arcángel *Gabriel* quien les hace llegar, bueno casi siempre es solo a *Adán*, le hace llegar la palabra del *Señor*, que simplemente le dice de manera directa que se veía venir esto, ¿no es así?, y que no le "duela" tanto por que volverá a tener otro hijo; vaya maneras ¿no?.

Sigamos con la muerte de Abel.

«… Y el Señor Dios envió las semillas a través de Miguel Arcángel y se las dio a Adán y le mostró la manera de sembrarlas y de preparar el terreno, y le enseñó como podría separar la tierra en sectores de frutas y de otras plantas que podrían disfrutar sus generaciones. Por entonces a Eva le nacía un hijo, cuyo nombre era Abel, así Caín y Abel crecían juntos. Entonces Eva dice a Adán:

"Mi Señor, mientras yo dormía, vi en visión, la sangre de nuestro hijo Abel en la mano de Caín, que salía por su boca. Por lo que ahora tengo tanto dolor". Y Adán dijo, ' ¡Ay si Caín mata a Abel!. Sin embargo, vamos a separarlos uno de otro, y vamos a hacer para cada uno de ellos las viviendas por separado».

El Libro de la Vida de Adán y Eva XXII

Es de nuevo *Eva* quien tiene el mismo sueño, en los dos últimos libros es similar, *Eva* sueña con el asesinato de *Abel* y se lo dice a su esposo *Adán*. Pero en este caso ese sueño aún no se ha convertido en realidad y lo que hacen es que vivan en lugares separados; la *Cueva de Tesoros* ya no es bastante. Pero sigamos leyendo:

> *«Y Caín fue hecho un agricultor y Abel un pastor, con el fin sabio de que puedan ser separados. Pero igualmente Caín mató a Abel, teniendo Adán la edad de ciento veinte y dos años. Adán conoció nuevamente a su esposa Eva y concibió y dio a luz otro hijo al que pusieron por nombre Set, teniendo Adán ciento treinta años».*

> *El Libro de la Vida de Adán y Eva XXIII*

Simplemente, un hermano mata a otro, sin más, esos si esto ocurría cuando *Adán*, y posiblemente también *Eva*, tienen ciento veinte dos años. Pero hay más, por fin nace *Set* a la edad de ciento treinta años de *Adán* y también de *Eva*, aunque de esta última no se indica.

Ahora tal vez nos saltemos un poco hacia adelante la historia, pero es por seguir tratando la línea que ahora llevamos.

> *«Y dijo Adán a Eva, "He aquí, he engendrado un hijo, en lugar de Abel, a quien Caín mató". Y después que Adán engendró a Set, vivió ochocientos años y engendró treinta hijos y treinta hijas; en total tuvo sesenta y tres hijos. Y ellos se incrementaron más sobre de la faz de la tierra en sus diferentes naciones».*

> *El Libro de la Vida de Adán y Eva XXIV*

Hemos adelantado un poco la historia para así finalizar con este libro y explicar una duda que aparece en lo leído.

"...vivió ochocientos años y engendró treinta hijos y treinta hijas; en total tuvo sesenta y tres hijos..."

¿Quien vivió ochocientos años y engendró un total de sesenta y tres hijos e hijas?; según leeremos más adelante *Adán*, y naturalmente *Eva*, hay algunos textos que nos dicen que vivieron más de novecientos años, pero también es verdad que tal como indica este párrafo *Adán* y también *Eva*, tuvieron sesenta hijos e hijas más tres, es decir *Caín*, *Abel* y *Set*, es por ello, por la suma esta, que me parece que están nombrando a *Adán*.

Repito una y otra vez, son textos antiguos, basados en historias mucho más antiguas, es por ello que el tiempo y las personas, queriendo o sin querer ponen su pequeña modificación de la historia.

Regresando a un *apócrifo* ya utilizado con anterioridad, *"El Primer Libro de Adán y Eva"*, en su capítulo *LXXVI*, nos cuenta que otra vez *Satán* vuelve a meterse con esta sociedad inicial, primero con *Abel* al que no consigue engañar, y posteriormente con *Caín*, a este sí que le funcionó la estratagema.

Satán le cuenta a *Caín* algo que sus padres pensarán (sí, en tiempo futuro) en unir a los hermanos con las hermanas, pero estos lo menciona en el siguiente capítulo (LXXVIII) es decir que este lo cuenta a *Caín* antes de que los padres se lo planteen, ¿y qué pensarán sus padres para ambos hermanos?, cuenta que iban a unir a los hijos con las hijas pero utilizando las parejas contrarias, es decir a *Abel* le correspondería *Luluva*, la gemela ¿? de *Caín*, y a este la unirían con *Aklia*, la también posible gemela de su hermano *Abel*.

Por si fuera poco, el maldito *Satán* provoca a *Caín* con la idea que su hermano *Abel* se quedaba con la hermana más bella, *Luluva*, en cambio *Caín* con las más fea, *Aklia* y esto era debido a que *Abel* era quien había elegido; todo esto según *Satán*. Parémonos un momento, si *Luluva* era hermosa y todo lo contrario era *Aklia*, entonces entre los gemelos hombres, ¿*Caín* era hermoso y *Abel* pues no tanto?.

Esta maniobra sigue hasta que en *Caín* aparece el odio contra su hermano, odio que poco a poco le ha introducido el de siempre, *Satán*.

No he copiado este capítulo por su extensión, aunque aconsejo al lector lo consulte para más detalle de él. El título del capítulo es de los más significativo *"Caín tiene celos de Abel a causa de sus hermanas"*.

En este *"Primer Libro de Adán y Eva"* en los capítulos finales del LXXVII al LXXIX, se describe con más detalle todo lo relativo al asesinato de *Abel*, aconsejo la lectura de estos capítulos mencionados para una mejor información de lo que posiblemente pudiera haber ocurrido.

Bien, y a partir de aquí se me complica un poco la manera de exponer lo que queda de este capítulo sobre los hijos de *Adán* y *Eva*; ya ha sido un poco lioso hasta ahora, pero lo intentaremos mejorar ¿no?.

Pues vamos a seguir con las distintas opciones que nos dan los libros que estamos utilizando para informarnos ahora sobre lo que paso después de la muerte de *Abel*.

«Alejándose Caín de la presencia de Yavé y habitó en el

país de Nod, al oriente de Edén. Caín conocía a su mujer, quien concibió y parió...»

Génesis 4, 16 y 17

Luego realizaremos un listado de la descendencia de *Caín* y de su nuevo hermano *Set*.

En el *Génesis* no aparece más sobre la marcha del primogénito, aunque si encontramos y mucho en otros textos, y en estos vamos a seguir leyendo y buscando detalles.

Indicar que en todos los textos *Caín* se marcha antes del nacimiento de Set, es por lo que no conoce a su hermano, a menos que estuvieran viviendo cerca después de su ida, según hemos leído anteriormente éste marcha a un país que se encuentra al oriente del *Edén, el país de Nod*, pero no sabemos a qué distancia se encontraba.

«Caín tomó por mujer a su hermana Awan, que le parió a Enoc al final del cuarto jubileo. En el año primero del primer septenario del quinto jubileo se construyeron casas en la tierra, y Caín construyó una ciudad a la que dio el nombre de su hijo Enoc.»

Libro de los Jubileos 4, 9

Aquí ya nos indica el nombre de la mujer con la que se marcha *Caín* es con su hermana *Awan*; recordemos lo siguiente:

«En el tercer septenario del segundo jubileo, parió Eva a Caín, y en el cuarto a Abel, y en el quinto a su hija Awan. A comienzos del tercer jubileo, Caín mató a Abel,...»

Libro de los Jubileos 4, 1 y 2

A la muerte de *Abel*, y según este texto, ya habría nacido *Awan*, y es con ella con quien se marcha *Caín* para formar su estirpe. El lector habrá leído que el primer hijo fue *Enoc*, indicar que no es el *Enoc* que conocemos, el de esta saga no es el conocido del que hablaremos en un capítulo aparte.

Siguiendo con los hijos de *Adán* y *Eva* y en este apócrifo encontramos lo siguiente:

> *«Pero al cuarto año del quinto septenario se alegraron, y conoció nuevamente a su mujer, que le parió un hijo al que puso de nombre Set, pues dijo: "Nos ha suscitado el Señor otra semilla sobre la tierra, en lugar de Abel, ya que lo mató Caín". En el sexto septenario engendro a su hija Azura».*

Libro de los Jubileos 4, 7 y 8

Hemos intercalado el nacimiento de *Set*, ya ha nacido, y de una nueva hija; estas dos hijas, *Awan* y *Azura* y al contrario de las que hemos leído anteriormente son posteriores al nacimiento de los dos hermanos mayores, recordemos que con anterioridad hemos leído de *Luluva* y *Aklia* nacieron en el mismo momento del nacimiento de *Caín* y *Abel* respectivamente. ¿Podría tratarse de las mismas mujeres?, alguien que nos diera el significado de los nombres podría darnos un poco de luz al respecto, por el momento, yo lo desconozco.

Y siguiendo la descendencia de *Adán* y *Eva*, en este mismo libro encontramos:

> *«Adán conoció a Eva, su mujer, que le parió todavía nueve hijos».*

Libro de los Jubileos 4, 10

Pues aquí se para en que tuvieron nueve hijos más, estos nueve más *Caín*, *Abel*, *Set*, *Awan* y *Azura* pues suman catorce hijos, nada que ver con los sesenta y tres que hemos leído anteriormente y que nos lo indicaba otro *apócrifo*. No me cansare de repetirlo, son historias muy antiguas, tal vez más de lo que creemos y durante el transcurso del tiempo la realidad de estas seguro que han recibido modificaciones.

Ahora regresamos un poco atrás en el tiempo, antes del nacimiento de *Set*, en otro *Libro apócrifo* observamos una pequeña curiosidad que leemos durante el entierro y el luto de *Abel*.

«Y Adam (Adán) y Java (Eva) continuaron al lado de su entierro en gran luto ciento cuarenta días. Jével (Abel) tenía quince años y medio de edad, y Qáyin (Caín) diecisiete años y medio.»

Segundo Libro de Adán y Eva 1, 5

Que jóvenes eran los dos hermanos, eran prácticamente unos niños y comparado con la longevidad de la vida en aquellos tiempos aún son más jóvenes; pero como he dicho era solo una curiosidad.

Y ahora sigamos y observemos lo que nos cuenta sobre lo que ocurre con *Caín* porque su historia sigue y no acaba con la marcha del lugar, porque se instaló y creo su estirpe.

«Acerca de Qáyin (Caín), cuando el luto por su hermano se había acabado, él tomó su hermana Luluva y vino a ella, sin permiso de su padre y madre; porque ellos no podían protegerle a ella de él, por motivo de su corazón pesado.

Él entonces bajó a la base de la montaña, lejos del jardín, cerca al lugar adonde él había matado a su hermano.

Y en ese lugar había muchos árboles de frutas y árboles de bosque. Su hermana le parió hijos, quienes en su turno comenzaron multiplicarse por grados hasta que ellos llenaron ese lugar».

Segundo Libro de Adán y Eva 1, 6 al 8

Pues aquí de nuevo nos dice claramente con que hermana se marcha, la misma gemela de él con *Luluva*. Pero lean también que respeta el luto.

"sin permiso de su padre y madre; porque ellos no podían protegerle a ella de él, por motivo de su corazón pesado".

Por lo visto no pudieron negarse a que se llevara a la hija mayor, ¿por miedo a posibles represalias?, no se enfrentaron a su hijo por miedo, ¿y no por defender a su hija?. Indicar que este libro se escribió muchos siglos después y en la época de esta escritura las mujeres contaban para bien poco, no podían elegir, eran elegidas, sin más, por lo tanto, lo que realmente ocurrió pues solo lo sabe le mismo *Dios*, si es que ocurrió así o similar.

También nos dice que se marcharon lejos del jardín, cerca al lugar adonde él había matado a su hermano, todo esto está bien, pero por el momento desconocemos algún tipo de referencia del lugar donde estaba situado ese *Jardín*.

Y ya para finalizar, nos señala que su hermana, *Luluva*, le pario varios hijos y estos comenzaron a multiplicarse. Siento ir mezclando un *apócrifo* con otro

«Y Java (Eva) produjo un hijo que era perfectamente hermoso en figura y de cara. Su belleza era como la de

su padre Adam (Adán), pero aún más lindo.»

Segundo Libro de Adán y Eva 2, 1

Vaya manera de decir que le dio un hijo, *"produjo"*, podían haber utilizado otra palabra, ¿no les parece?.

«Pero cuando vino Adam (Adán) y vio la apariencia linda del niño, su hermosura, su figura perfecta, él se regocijó por él, y fue confortado por Jével (Abel). Entonces él nombró el niño Shëth (Set), lo cual significa, "Que el Poderoso ha oído mi oración, y me ha liberado de mi aflicción." Pero también significa "poder y fuerza."»

Segundo Libro de Adán y Eva 2, 3

Vaya, al parecer sí que era hermoso el nuevo hijo de nuestra pareja. Aunque ya había intercalado un pasaje en el que nacía *Set*, hemos vuelto ya a la cronología correcta con el nacimiento de este tercer hijo (varón) y digo esto porque no sabemos exactamente que descendencia hasta ahora, según leamos es un numero u otro.

Una curiosidad tras el nacimiento de *Shëth (Set)*:

«Entonces luego que Adam (Adán) había nombrado al niño, él regresó a la Cueva de Tesoros; y su hija regresó devuelta a su madre.

Pero Java (Eva) continuó en la cueva, hasta que se cumplieron cuarenta días, cuando ella vino a Adam (Adán), y ella trajo con ella al niño y su hija.»

Segundo Libro de Adán y Eva 2, 4 y 5

Por si el lector se ha perdido la hija es *Aklia*. Pero lo que me gustaría señalar el que *Eva*, junto a su hijo *Shëth* y su hija *Aklia* se quedan para cumplir los cuarenta días, la cuarentena, que *Yehováh* había ordenado de cumplimiento según qué cosas y diferenciando si era en un hombre o en una mujer. ¿Tendrá algún motivo médico o sanitario esto?, espero que sí.

En el capítulo 3 de este *Segundo Libro de Adán y Eva*, nuestro conocido *Satán* vuelve a intentar traer a su campo de nuevo a *Adán*, naturalmente no lo consigue, esta vez apareciéndose a este como una hermosa mujer que le tienta.

Es un capítulo curioso más que por esta tentación que como digo no triunfa si no por sus primeras líneas, lean ustedes mismos:

> *«Acerca de nuestro padre Adam (Adán), al final de siete años del día que él se había separado de su mujer Java (Eva), Sâṭâ´n (Satanás) le envidió, cuando él le vio así separado de ella; y peleó para hacerle vivir con ella otra vez.»*

Segundo Libro de Adán y Eva 3, 1

Me resulta muy curioso, ¿*Adán* y *Eva* ya no vivían juntos?, ¿desde hacía siete años?, la verdad es que lecturas posteriores ni anteriores clarifican nada sobre este estado, pero no voy a darle más vueltas al tema, lo pongo por curiosidad. Seguiremos adelante, de momento con *Shëth*.

Sí, ahora le toca a *Shëth* sufrir el ataque de *Satanás*, un ataque que no vamos a transcribir porque son dos capítulos enteros y recomendamos a nuestros amigos y amigas lectores lo hagan por ellos mismos. Pero si marcamos las primeras líneas del primer de estos capítulos, simplemente porque indica la edad del último nacido.

«Acerca de Shëth (Set), cuando él tenía siete años, él reconocía el bien y el mal, y era consistente ayunando y orando, y pasó todas sus noches rogándole a Yehováh (YHVH) por misericordia y perdón.»

Segundo Libro de Adán y Eva 5, 1

Tan solo siete añitos, que joven, tenía *Shëth* cuando le visitó por primera vez *Satán*. Y Repito que sería interesante que los lectores revisaran los capítulos 5 y 6 de este *apócrifo*. Bien, tan solo indicar, por si alguien no quiere leerse estos capítulos, que *Satán*, nuevamente, no triunfa. También indicar que este nuevo ataque no dura un momento y ya está, al menos lo mantiene a dos años.

«Esta señal le sucedió a Shëth (Set), cuando él tenía nueve años de edad.»

Segundo Libro de Adán y Eva 6, 18

Pues dejaremos aquí a *Satán* y sus intentos de embaucar a *Shëth* y seguimos adelante en la vida de este último.

«Cuando nuestro padre Adam (Adán) vio que Shëth (Set) era de un corazón maduro, él deseó que él se case, por si apareciese el enemigo a él otra vez, y le venza.

Así que Adam (Adán) dijo a su hijo Shëth (Set), "Yo deseo, Oh mi hijo, que tú tomes a tu hermana Aklia, la hermana de Jével (Abel), para que ella te tenga hijos, quienes repletarán la tierra, según la promesa de Yehováh (YHVH) a nosotros".»

Segundo Libro de Adán y Eva 7, 1

Vaya, *Adán* quiere que se case con su hija *Aklia*, recordemos que es mayor que *Shëth* porque fue la hermana gemela ¿? de *Abel*. Quiere que se case, y lo dice bien claro, por si de nuevo aparece el enemigo; hay que leer el capítulo 6 del *Segundo Libro de Adán y Eva*, os lo he dicho.

«Sin embargo Shëth (Set) no deseaba casarse, pero en obediencia a su padre y madre, él no dijo ninguna palabra.

Así que Adam (Adán) le casó a Aklia. Y él tenía quince años.

Pero cuando él tenía veinte años, él procreó un hijo, a quién él llamó Enówsh (Enós)...»

Segundo Libro de Adán y Eva 7, 4 al 6

Al final se casa porque su padre se lo pide, vaya la obediencia al cabeza de familia que decide la vida de los demás. Y se casa a los quince años y a los veinte tiene su primer hijo; no sé cómo cuentan los años y las edades, pero a mí no me cuadra mucho lo que se describe.

Y seguimos con la descendencia de *Set* y *Azura*.

«En el quinto septenario del quinto jubileo tomó Set a su hermana Azura como mujer, y en el cuarto le parió a Enós.»

Libro de los Jubileos 4,11

En este libro nos indica que se casa con *Azura*, ¿puede que ella y *Aklia* fueran la misma mujer?, podría ser, pero recordemos:

«...Eva concibió una vez más, y cuando su embarazo llegó a término, dio a luz a otro hijo e hija. Y ellos fueron llamados Abel, el hijo, y Aklia, la hija».

Primer Libro de Adán y Eva LXXXV, 11

Leemos claramente que *Aklia* nace junto *Abel*, es decir son gemelos.

> *«...Pero al cuarto año del quinto septenario se alegraron, y conoció nuevamente a su mujer, que le parió un hijo al que puso de nombre Set, pues dijo: "Nos ha suscitado el Señor otra semilla sobre la tierra, en lugar de Abel, ya que lo mató Caín".*
>
> *En el sexto septenario engendro a su hija Azura.»*
>
> *Libro de los Jubileos 4, 7 al 8*

Y en este otro libro *Azura*, la que será la esposa de *Set*, nace después de este. Tampoco es que sea algo que marque la historia, el saber quién es mayor o más joven, o si son la misma mujer y el tiempo ha modificado estos detales, lo que si detalla todos es que los cruces se hacen entre hermanos, claro, no había mucho más a elegir, ¿verdad?

Hagamos ahora un inciso, y cumplamos algo mencionado con anterioridad. Nuestros amigos lectores estarán hartos de leer *"jubileos y septenarios"*; ¿pero que es esos?, ¿cuánto tiempo es cada uno de ellos?; intentaremos explicarnos de una manera lo más razonable posible.

Según los judíos es un cierto tiempo de celebración; los cristianos también lo tienen, pero su conteo es distinto y ahora este no es el que nos interesa. Es una fiesta que se celebra cada cincuenta años, por lo tanto, un *jubileo* son cincuenta años, todo aclarado ¿no?; pues no, es como decir que el numero *Pi* es 3,14, es acabar rápido y pronto, es un numero infinitamente más largo. Pues con los *jubileos* pasa algo similar.

Si leemos el *Libro de Levítico* nos indica que contaremos siete *Shabbatot* de años, la palabra *Shabbatot* deriva de *Shabbat* y marca el último día de los siete días. Si multiplicamos los siete que nos indica al principio por siete, pero en años nos da un resultado de cuarenta y nueve años, como vemos se acerca a los cincuenta, pero no lo son, falta el año sabático.

Y la palabra *"Septenario"* creo que se explica sola, son partes de siete, es decir el *"Jubileo"* se divide en siete partes.

No sé si al amable lector lo he confundido más o lo he aburrido o no sé si le ha interesado, pero creo que era conveniente explicar esto por si alguien quiere sacar cálculos. Para ello os aconsejaría también os introdujerais en la *Kabbalah (Cábala)*, es algo interesantísimo si os gusta las matemáticas y relaciones de palabras y cifras.

Ahora de nuevo retomamos nuestra historia. *Adán* ya siente la muerte cerca y le pide a *Shëth* que reúna a sus hijos y nietos para bendecirlos. No vamos a mostrar todo el capítulo, pero si aconsejamos su lectura, ahora bien, vamos a poner algo bastante curioso que le dice a su hijo Shëth.

«Oh mi hijo, luego de esto vendrá un diluvio e inundar toda criatura, y eximir solamente ocho almas.

Pero permitan a esos a quienes eximirá de entre tus hijos en ese momento, quitar mi cuerpo con ellos fuera de esta cueva; y cuando ellos lo hayan llevado con ellos, que el mayor entre ellos ordene sus hijos que acuesten mi cuerpo en un barco hasta que la inundación haya sido apaciguada, y ellos saliesen del barco.

Entonces ellos llevarán mi cuerpo y lo acostarán en el medio de la tierra, poco luego que ellos hayan sido salvados de las aguas del diluvio.

Porque el lugar adonde mi cuerpo será acostado es el medio de la tierra; Yehováh (YHVH) vendrá desde ahí y salvará todos nuestros familiares.»

Segundo Libro de Adán y Eva 8, 10 al 13

¡Le predice el Diluvio!, y es más indica que levanten su cuerpo muerto y lo metan en el barco para de esta manera cuando las aguas vuelvan a su caudal de nuevo lo entierren en otro lugar, ¡Fantástico!. Y no solo eso dice que solo se salvaran *ocho almas, ¿Noé* y sus tres hijos con sus respectivas esposas?, si son ocho personas.

Seamos sensatos otra vez, y no parare de recordárselo a los lectores, son libros que han sido escritos de otros escritos o incluso de historias orales, no estoy diciendo que sean falsas estas historias, tan solo digo que estas historias, por el tiempo, han podido ser mutiladas o modificadas, queriendo o sin querer.

Ya he mencionado unos párrafos anteriores que *Adán* siente que le está llegando su hora y es por ello que le pide a su hijo *Shëth*, que reuniera junto a él a todos los hijos de este y los hijos de sus hijos.

En el *apócrifo Apocalipsis de Moisés o Testamento de Adán y Eva*, en su capítulo V, iniciamos una lectura en la que nos indica que *Adán* se encuentra enfermo y solicita que se acerquen a él.

«"Que todos mis hijos vengan a mí, deseo verlos antes de morir. "

Y todos reunidos, pues vinieron de La tierra que fue

dividida en tres partes…»

Apoc. de Moisés o Test. de Adán y Eva V, 2 y 3

Reúne a todos sus hijos, solo a hijos, que llegaron de la tierra que fue dividida en tres partes, ¿Cuántos hijos tendría?, nunca lo sabremos.

Es una lectura curiosa la que sigue, pues para evitar los males de *Adán*, pide a su hijo *Set* que marche junto a su madre *Eva* al *Edén*, bueno ellos en cierta manera se lo proponen a *Adán* y pedirle al *Señor* le pueda ofrecer a su padre la planta que anhela para calmar su tristeza y sufrimiento.

Eva y su hijo *Set* marchan al *Edén* y esta vio como una bestia atacaba a su hijo, claro, después de que *Eva* *"hablara"* con la bestia está a regañadientes y gritándole a *Eva* se marcharía.

Se les aparecería el *arcángel Gabriel* que les traería un mensaje a ellos, diciéndoles que regresaran porque en tres días se produciría la muerte de *Adán*, ¡La primera muerte natural!. Y eso hicieron regresaron como les ordenaron al lugar donde se encuentra *Adán*.

«Habiéndoles dicho estas cosas, se alejó de ellos. Set y Eva llegaron a la choza donde Adán estaba. Y Adán le dice a Eva:

Mira lo que has forjado para nosotros. Tú has traído sobre nosotros una gran ira que es la muerte, y seguirá a lo largo de nuestras generaciones.

Y le dice, "llama a todos, a nuestros hijos y a los hijos de nuestros hijos y diles de nuestra transgresión".»

Apoc. de Moisés o Test. de Adán y Eva XIV, 2 y 3

Vaya, creo que *Adán* se ha enfadado, pero curioso, primero se encara con *Eva* acusándola de lo que hizo:

"Mira lo que has forjado para nosotros. Tú has traído sobre nosotros una gran ira que es la muerte, y seguirá a lo largo de nuestras generaciones."

Bueno, *Adán*, reprímete un poco que al fin y al cabo tú le seguiste. Y luego pide que *Eva* cuente lo de *"nuestra transgresión"* a sus hijos y a los hijos de sus hijos.

Adán, y *Eva* también, está a punto de morir con más de novecientos años (luego veremos esto), y ¡Sorpresa! ¿Aún no habían contado nada de nada sobre la expulsión del *Edén* a su descendencia? ¡Sorprendente!.

No vamos a reproducir todo el texto porque es largo y son varios capítulos, lo dejamos a los lectores que lo lean, es algo que les aconsejamos, como siempre. En este momento, *Eva* cuenta a su prole lo que ocurrió en el *Edén*, que incumplieron la norma de no comer del famoso árbol, y que la serpiente les engaño, y que por ello, sus cuerpos son mortales, a las mujeres las castiga con tener hijos con mucho dolor y con riesgo de perder su propia vida; pues que eso, que la vida que tienen los hijos y los hijos de los hijos es gracias a *Eva* y *Adán*, y que todo ello podría haberse evitado si hubieran cumplido las órdenes del *Señor*.

Eva, para mí, después de leer en los diversos textos, creo que es un personaje muy especial y que no se le ha dado la importancia que ella requiere.

Tal vez esto haya sido por que la mujer siempre ha tenido un papel secundario, aunque en toda la historia de la humanidad ha sido de gran importancia.

Esto le ocurre a *Eva* poco después de contar la historia de lo sucedido en el *Edén* a toda la familia:

«Pasado un solo día de la enfermedad que ataba a Adán, ella le dice:

¿Cómo es posible que tú mueras y yo siga viviendo? o ¿cuánto tiempo he de vivir después de que mueras?»

Apoc. de Moisés o Test. de Adán y Eva XXXI, 2 y 3

Viendo que Adán está enfermo y sabiendo, porque se lo había indicado el arcángel Gabriel, que este iba a fallecer en unos días, Eva se lamenta de que sea él y no ella a la que le ha llegado la hora, incluso en el capítulo siguiente indica que salió del lugar y cayó al suelo y se puso a orar, y esto es lo que decía:

«...He pecado, oh Dios, he pecado, oh Dios de Todos, he pecado contra ti, he pecado contra los elegidos ángeles, he pecado contra los Querubines, he pecado contra tú inquebrantable Trono, he pecado ante Ti y todo pecado se inició cuando fui creada.»

Apoc. de Moisés o Test. de Adán y Eva XXXII, 1 y 2

Ora a su creador y acepta que ella es la que pecó, la que indujo al pecado contra El, contra los ángeles, se hace responsable de todo lo que ocurre; que gran mujer. Y estas oraciones finalizan cuando un ángel se le acerca y le dice que Adán, el que ha sido su compañero durante tantos y tantos años que acaba de morir.

Parémonos un momento, y no dejemos el hilo de Eva:

«…Mi Señor Adán, levántate y dame la mitad de tus dolores, los soportaré, ya que es por mi culpa que esto te haya sucedido y es por mi culpa que tengas tanto

dolor y aflicción.»

Apoc. de Moisés o Test. de Adán y Eva IX, 2

Me lo había saltado, esto ocurre un poco antes a lo último que hemos visto, es cuando *Adán* siente dolor por la enfermedad que tiene o bien porque es mayor y ya está convaleciente. Ahora bien, lo expongo porque Eva se siente culpable de lo que le ocurre a su pareja, siente que es ella la causante del mal de *Adán*.

¿Realmente *Eva* es culpable?

«Por otra parte, cuando me diste mandamiento sobre el árbol, Eva no estaba conmigo, no la habías creado todavía, ni había estado aún a mi lado, ni había ella escuchado su orden».

Primer Libro de Adán y Eva XXXIV, 12

Amigos lectores ¿se acuerdan de este párrafo que leímos con anterioridad hace ya algunas páginas?. Aunque *Eva*, como hemos visto, en todo momento se culpabiliza de lo que ocurre, en lo que acabamos de leer es *Adán* quien le dice a *Yavé* que *Eva* no existía cuando *Adán* recibió la orden de no tomar el fruto del árbol, en esta ocasión es *Adán* el que pide que no se cargue con culpa alguna a esa mujer.

«Y dio al Hombre este mandato: "Puedes comer de todos los árboles del jardín; más del árbol de la ciencia del bien y del mal no comerás en modo alguno, porque, el día en que comieres, ciertamente morirás".»

Génesis 4, 16 y 17

He puesto estos versículos del *Génesis* porque en efecto el mandato se lo hace a *Adán*, a continuación de lo expuesto y en su versículo 18 es cuando se relata la creación de la mujer a través de la famosa costilla. Es verdad que en ningún momento *Eva* tuvo mención de esta orden.

Pensemos, hagamos un esfuerzo, aparecemos en un lugar, hay muchas cosas, pero estamos solos, un hombre y una mujer, nos cuidan Ángeles, *Querubines*, de todo, pero estamos solos; encima nos equivocamos y nos envían a un lugar desconocido lleno de peligros.

¿Qué sensación podríamos tener?. ¿Cuál sería nuestra unión con la otra persona?. ¡Estamos completamente solos, y nada más!

Esto les ocurrió a *Eva* y *Adán*, saber que no hay nadie más, que durante años no puedes visitar a nadie porque sencillamente no hay nadie más, solo estamos dos personas y hablamos estas dos personas entre nosotros y sin nadie más, y encima, por si fuera poco, somos inútiles para hacer nada, porque no sabemos hacer absolutamente nada. Una situación como mínimo desesperante.

Ha muerto *Adán* y ahora hay una serie de capítulos que no vamos a transcribir, que nos cuenta las órdenes del *Señor* para enterrar al difunto, nos cuenta como resucita, lo que ven en el cielo tanto *Eva* y su hijo *Set*, es una lectura interesante.

> *«...Y pasados seis días, Eva también durmió. Pero mientras ella vivía, lloraba amargamente por la muerte de Adán, porque ella no sabía dónde estaba. Pero cuando el Señor enterró en el paraíso a Adán, todos sus hijos estaban dormidos, a excepción de Set, hasta que Adán estuvo preparado para el entierro, y nadie sabía*

en la tierra, donde estaba enterrado, excepto a su hijo Set.

Cuando Eva estaba por morir, Set y ella oraron, pidiendo si se le podría enterrar con su marido, en el mismo lugar. Y después de haber terminado su oración, ella dice:

"Señor, Maestro, Dios de toda regla, no me separes el cuerpo de tu sierva del cuerpo de Adán, pues de sus miembros tú me formaste. Y aunque soy indigna de entrar a tu tabernáculo, porque soy pecadora, te pido que no nos separes, porque ni en el paraíso antes de la transgresión, ni durante ella estuvimos separados. Aun así, Señor, no nos separes ahora".

Sin embargo, después de haber orado, ella miró el cielo custodiado y gimiendo en voz alta saliendo de su pecho dijo:

"Dios de Todos recibe mi espíritu" e inmediatamente entregó su espíritu a Dios.»

Apoc. de Moisés o Test. de Adán y Eva XLII, 2 al 8

Según los *apócrifos* hay pequeñas variaciones, nada reseñables, en la muerte de *Adán* y *Eva*, en este libro nos dice que fue tan solo seis días de diferencia entre el fallecimiento de uno y del otro.

«Al concluir el jubileo decimonono, en el séptimo septenario, en el año sexto, murió Adán y lo sepultaron todos sus hijos en la tierra de su origen.

Él fue el primero que recibió sepultura en la tierra, faltándole setenta años para los mil, pues mil años son como un día en la revelación celestial. Por eso se escribió acerca del árbol de la ciencia: "En el día en que comáis de él, moriréis"; por eso no cumplió los años de este día, pues en él murió.»

Libro de los Jubileos 4, 29 y 30

Otro fragmento de otro *apócrifo* donde nos describe la muerte de *Adán*, y en este se nos marca la edad,

"…faltándoles setenta años para los mil,…"

Es decir que tenía novecientos treinta años, no dice nada de *Eva*, pero si muere pocos días después, es que falleció a la misma edad que su pareja.

«Un año tras él, al concluir este jubileo, murió Caín. Le cayó su casa encima, y pereció en ella muerto por sus piedras, pues con piedra había asesinado a Abel, y con piedra fue muerto en justa sentencia. Por eso se legisló en las tablas celestiales: "Con el instrumento con que matare un hombre a otro, sea muerto, y como lo hubiere herido, así harán con él".»

Libro de los Jubileos 4, 31

Caín no murió mucho más tarde que sus padres; según este párrafo contradice diversas leyendas de que *Caín* sigue vagando por el mundo sin poder pagar su castigo. Cada cual que extraiga su razón.

«La muerte de Adam (Adán) sucedió al final de novecientos y treinta años que él vivió sobre la tierra, en el día quince de Barmudeh, tras la observación de una epacta del sol, a la novena hora. Fue en un sexto día de la semana, el mismo en cual él fue creado, y en cual él descansó, y la hora en cual él se murió, fue la misma a la cual él había salido del jardín.»

Segundo Libro de Adán y Eva 9, 3

En este nos marca además de la edad exacta de *Adán*, el día y la hora, es más detallista; falleció por lo tanto un viernes, el sexto día, el día que nació y que fue expulsado del *Edén*.

Seguimos en el mismo libro que en estos momentos nos estamos moviendo, algo más adelante encontramos algo que tal vez habíamos olvidado, y es cierta promesa que *Yehováh* hizo a *Adán*.

Tras unas ofrendas que hace *Shëth* y sus hijos ocurre lo siguiente:

> *«Y Yehováh (YHVH) aceptó su ofrenda, y envió Su bendición sobre él y sobre sus hijos. Y entonces Yehováh (YHVH) hizo una promesa a Shëth (Set), diciendo, "Al final de los grandes cuatro días, sobre cual Yo he hecho una promesa a ti y a tu padre, Yo enviaré Mi Palabra y te salvaré a ti y a tu Semilla".»*

> *Segundo Libro de Adán y Eva 12, 6*

¿Se acuerdan de los cinco días que eran realmente cinco mil años?, Ahora son cuatro días, claro ha pasado el tiempo, casi un milenio si contamos la edad de *Adán*. *Yehováh* no ha olvidado la promesa que le hizo a su padre, sigue dando su palabra como válida para toda loa humanidad.

> *«Entonces los miembros de Shëth (Set) fueron soltados; Sus manos y pies perdieron todo poder, su boca se volvió mudo e incapaz de hablar, y él entregó el espíritu y se murió el día después de su año novecientos veinte; en el día veintisiete del mes Âvíyv; Janok (Enoc) entonces teniendo veinte años.»*

> *Segundo Libro de Adán y Eva 12, 13*

Muere *Shëth* a la edad de novecientos veinte años, el último hijo de *Adán* y *Eva*.

En el capítulo *13* de este mismo libro, está la historia de la muerte de *Caín*, es una historia algo extraña por que muere a manos de su hijo *Lemek*, que era ciego, y le lanza una flecha que le da en el costado, rematándolo una piedra que lanza con una onda un hijo de este *Lemek*.

Según este libro fue el último hijo de *Eva* y *Adán* en morir.

Entonces, murió en su época o está aún buscando el perdón del *Señor*. ¿?.

Este capítulo de la *Progenie* tal vez ha sido complicado de entender.

A continuación, vamos a indicar la descendencia, solo de los varones primogénitos, tanto de *Caín* como de *Set*. Y solo son los varones primogénitos por que en muchas culturas incluida esta, es siempre el varón que prevalece sobre la mujer y la estirpe la lleva este, además que es el hermano mayor el que debe de mantener y organizar ese linaje.

CAÍN	*SET*
Enoc	*Enós - 912*
Irad	*Cainán - 910*
Maviael	*Malael - 895*
Matusalén	*Jared - 962*
Lamec	*Enoc - ?*
Jabel	*Matusalén - 969*
	Lamec - 777
	Noé - 950

Las cifras que aparecen junto a los nombres de la estirpe

de *Set* son las edades a la que fallecieron cada uno de ellos, a excepción de *Enoc*, que como veremos en el próximo capítulo de este libro, sería llevado a los cielos.

En el libro del *Génesis* se puede incluso conocer a la edad que tuvieron estos hijos, además de quienes fueron las esposas y otros hijos nacidos además de los indicados, pero repito los que aquí hemos enunciado son lo primogénitos varones. El resto lo dejamos a nuestros admirados lectores que pueden realizar sus pesquisas y realizar sus cálculos para conocer incluso quienes de los nombrados coincidieron en sus vidas.

También poco que explicar que es la línea de *Set* la que se sigue en la tradición judeo-cristiana y que llega hasta el mismo *Jesús*.

Nosotros acabamos aquí este capítulo y ahora desarrollaremos otros que espero que sean de gran interés al lector.

ENOC

Iniciamos un nuevo capítulo en este libro; espero que este despierte más aún la imaginación de los lectores; pero no me hartaré de indicar que tenemos que utilizar la imaginación ante tantas preguntas y dudas que nos surgen leyendo estos temas y que naturalmente buscamos respuestas a ellas, pero os pido por favor que nunca jamás inventemos una respuesta, sería faltarnos a nosotros mismos. No debemos preocuparnos si hoy y ahora no podemos contestarnos, algún día podremos hacerlo, ¿o tal vez no?.

Lo importante es que podamos investigar los hechos, pasado un tiempo saldrán a la luz las respuestas correctas, y si no salen pues otros seguirán buscándolas.

Este nuevo capítulo nos pondrá a trabajar nuestra imaginación de lo que en breve vamos a tratar; pero también quiero recordar a quienes estén leyendo esto, que todas las historias que vamos a relatar, todas la citas que leerán están escritas en libros, algunos considerados como oficiales o canónigos y otros no, pero no dejan de ser libros escritos por el ser humano contando relatos mucho más antiguos y esto que se escribe, no hay que dudar, que queriendo o sin querer se ha adaptado a la época, a la manera de ser la sociedad de ese tiempo y puede que en ocasiones a la necesidad de modificar la historia por algún interés o fin muy particular. Es por ello que animo a los lectores diversas lecturas de diversos textos de diversas culturas y que todos ellos hablen de lo mismo, seguro que habrá sutiles diferencias.

Vamos a dedicar este capítulo a la persona de *Enoc*, más bien a su libro conocido como *"El Libro de Enoc"*, que según escritos y según culturas este nombre viene transcrito como *Enoch, Enoq, Henoc,* חנוך *Janoj* o *Idris*.

En el libro del *Génesis* encontramos a tres personajes con el nombre de *Enoc*, el primero es el primogénito de *Caín*, el segundo el hijo de *Jared* y el tercero el nieto de *Abraham*.

> *«Caín tomó por mujer a su hermana Awan, que le parió a Enoc al final del cuarto jubileo. En el año primero del primer septenario del quinto jubileo se construyeron casas en la tierra, y Caín construyó una ciudad a la que dio el nombre de su hijo Enoc.»*
>
> *Libro de los Jubileos 4, 9*

Texto que ya habíamos expuesto en la página 68 de este libro. Pero no vamos a tratar de este *Enoc*, ni tampoco del tercero, el nieto de *Abraham*. Del que sí vamos a tratar es del hijo de *Jared*.

La cita que expongo a continuación es algo extensa, pero nos dará una idea de quien era o lo que sería el *Enoc* que analizaremos a continuación, y será de manera bastante extensiva; prepárense queridos lectores.

> *«En el jubileo undécimo, en el cuarto septenario, Jared tomó por esposa a una mujer llamada Baraca, hija de Rasuel, prima suya, quien le parió un hijo en el quinto septenario, en el año cuarto, del jubileo, al que puso de nombre Henoc. Este fue el primero del género humano nacido sobre la tierra que aprendió la escritura, la doctrina y la sabiduría, y escribió en un libro las señales*

del cielo, según el orden de sus meses, para que conocieran los hombres las estaciones de los años, según su orden, por sus meses.

Él fue el primero que escribió una revelación y dio testimonio al género humano en la estirpe terrenal. Narró los septenarios de los jubileos, dio a conocer los días de los años, estableció los meses y refirió las semanas de años, como le mostramos. Vio en visión nocturna, en sueño, lo acontecido y lo que sucederá, y qué ocurrirá al género humano en sus generaciones hasta el día del juicio. Vio y conoció todo, y escribió su testimonio, dejándolo como tal sobre la tierra para todo el género humano y sus generaciones.

Y en el duodécimo jubileo, en su séptimo septenario, tomó por esposa a una mujer llamada Edni, hija de Daniel, su prima, que, en el año sexto, en este septenario, le parió un hijo, al que llamó Matusalén.

Enoc estuvo con los ángeles del Señor seis años jubilares. Ellos le mostraron cuanto hay en la tierra, en los cielos y el poder del sol, y lo escribió todo. Exhortó a los "custodios" que habían prevaricado con las hijas de los hombres, pues habían comenzado a unirse con las hijas de la tierra, cometiendo abominación, y dio testimonio contra todos ellos.

Fue elevado de entre los hijos del género humano, y lo enviamos al Jardín del Edén para gloria y honor. Y allí esta, escribiendo sentencia y juicio eternos y toda la maldad de los hijos de los hombres. Por ello hizo el Señor llegar el agua del diluvio sobre toda la tierra del Edén, pues allí fue puesto él como señal y para que diera testimonio contra todos los hijos de los hombres, narrando todas sus acciones hasta el día del juicio.

Libro de los Jubileos 4, 16 al 20

Pues bien, ya sabemos quién es el padre y la madre de este *Enoc*, sabemos cuándo nació, y sabemos que es el padre de *Matusalén*, este último según muchas historias y textos fue el hombre más longevo en la historia de la humanidad.

Este texto indica también, que es el primero que aprendió la escritura; más adelante leeremos sobre un texto de *Enoc* que esto no es así, ni que tampoco escribiría un libro, porque como veremos escribió un buen montón de libros. En cambio, sí es cierto lo que hay un poco más adelante en esta cita, en la que indica que estableció lo que sería el calendario con sus meses, semanas y demás, no como lo conocemos actualmente en nuestra sociedad que lo tenemos en base al calendario romano y posteriormente modificado al gregoriano, hablamos del calendario hebreo antiguo.

También sabemos que estuvo entre los *ángeles del Señor* seis años jubilares, que es el tiempo en el que escribió todas las enseñanzas que recibió y lo que observó estando con ellos. Y que al final fue elevado, es decir, no murió, fue llevado al *Jardín del Edén*, pero además leeremos, tras la subida a los cielos, que su función en este lugar es la de escribir las sentencias a los hijos de los hombres; muy curioso.

Seguimos; leyendo en un *apócrifo* algo ocurrido a *Enoc*, antes de que iniciara su andadura de escritura. Según leemos en el *Segundo libro de Adán y Eva, Yehováh* avisa a los descendientes de *Set* que no se acerquen al poblado de la estirpe de *Caín*, esto lo indica en varias ocasiones, pero al final se unen ambas ramificaciones; es por lo que quedan, tras la muerte de *Jared*, solo su hijo *Enoc* y algunos de sus descendientes.

«Pero Janok (Enoc) guardó el mandamiento de Iéred (Jared) su padre, y continuó sirviendo en la cueva.

Es este Janok (Enoc) a quien muchas maravillas sucedieron, y quien también escribió un libro celebrado, pero esas maravillas no se contarán en este sitio.

Entonces luego de esto, los hijos de Shëth (Set) se desviaron y cayeron, ellos, sus hijos y sus mujeres. Y cuando Janok (Enoc), Matusalaj(Matusalén), Lemek (Lamec) y Noaj (Noé) los veían, sus corazones sufrían por motivo de su caída en duda, llenos de incredulidad; y ellos lloraban y buscaban misericordia de Yehováh (YHVH), para preservarles a ellos, y para traerles fuera de esa generación malvada.»

Segundo Libro de Adán y Eva 22, 1 al 3

Sigue a continuación, lo que en realidad pasaría algunos años después, se dice lo que haría *Enoc*, escribir su famoso libro, que sería subido a los cielos en vida y que llegaría la total destrucción de la humanidad con el diluvio. Disculpe amigas y amigos lectores la extensión de lo que transcribo.

«Janok (Enoc) siguió en su servicio ante Yehováh (YHVH) trescientos ochenta y cinco años, y al final de ese tiempo él se volvió consciente mediante el favor de Yehováh (YHVH), que Yehováh (YHVH) tenía la intención de removerle a él de la tierra.

Él entonces le dijo a su hijo, "Oh mi hijo, yo sé que Yehováh (YHVH) tiene intención de traer las aguas del

Diluvio sobre la tierra, y destruir nuestra creación.

Y ustedes son los últimos gobernadores sobre este pueblo sobre esta montaña; porque yo sé que ninguno les quedará de ustedes para engendrar hijos sobre esta pura montaña; Ni gobernará ninguno de ustedes sobre los hijos de este pueblo; ni quedará de ustedes ningún gran grupo, sobre esta montaña."

Janok (Enoc) también les dijo a ellos, "Velen por sus almas (vidas), y aguántense firmes en vuestro temor de Yehováh (YHVH) y en vuestro servicio a Él, y adórenle a Él en confianza recta, y sírvanle a Él en justicia, inocencia y juicio, en arrepentimiento y también en pureza."

Cuando Janok (Enoc) había terminado sus mandamientos a ellos, Yehováh (YHVH) le transportó a él desde esa montaña a la tierra de la vida, a las mansiones de los justos y de los escogidos: a la vivienda de Pardë´ (Arboleda-parque) de alegría, en Luz que alcanza arriba al cielo; Luz que está afuera de la luz de este mundo; porque es la Luz de Yehováh (YHVH), que llena el mundo entero, pero cual ningún lugar Lo puede contener.

Así, porque Janok (Enoc) estaba en la Luz de Yehováh (YHVH), él se encontró a si mismo fuera del alcance de la muerte hasta que Yehováh (YHVH) le dejara morir.

Todo junto, ninguno de nuestros padres o de sus hijos, quedó sobre esa pura montaña, excepto esos tres, Matusalaj(Matusalén), Lemek (Lamec), y Noaj (Noé). Porque todo el resto bajaron de la montaña y cayeron en pecado con los hijos de Qáyin (Caín). Por eso ellos fueron prohibidos esa montaña, y ninguno quedó sobre ella excepto esos tres hombres.

Segundo Libro de Adán y Eva 22, 4 al 10

Antes de seguir adelante, señalar también que el padre de *Enoc*, *Jared*, le indica que debe de seguir sirviendo en la *Cueva*, cosa que este guardó; es decir que mil años después de la expulsión del *Edén* y que *Eva* y *Adán* se resguardaran en la *Cueva de los Tesoros*, aún se utilizaba para realizar servicios al *Creador*, también muy curioso que después de tantos años, incluso siglos, los descendientes de *Set* vivieran en el mismo lugar.

Una parada en este momento, antes de adentrarnos en el *Libro* o *Libros de Enoc*, para leer que dicen los libros *"oficiales"* sobre este personaje.

«Enoc, a la edad de sesenta y cinco años, engendró a Matusalén, y después de haber engendrado a Matusalén, anduvo en la presencia de Dios trescientos años y engendró hijos e hijas. Enoc vivió un total de trescientos sesenta y cinco años y anduvo en la presencia de Dios; después no fue visto más, porque Dios se lo llevó »

Génesis 5, 21 al 24

Esto en el *Génesis*, veamos en el *Corán*, que por cierto al inicio de este capítulo, ya lo he indicado, entre los nombres que se utilizaba para *Enoc*, está el de *Idris*, así es conocido entre los musulmanes.

«"Menciona en el Libro a Idris", En verdad fue justo; fue un profeta.

Yo lo elevé a un lugar sublime»

Sura de María XIX, 57 y 58

¿Y ya está todo?, ¿No cree el lector que *Enoc* es algo más importante para tan poco detalle?; en el *Génesis* detalles sin importancia, y en el *Corán*, *Ala* le indica a *Mahoma* que mencione en el *Libro* (el *Corán*), el nombre de *Idris* (*Enoc*) por que fue justo y profeta.

Creo que por la relevancia que tiene el personaje debería haber sido más tratado, dejando aparte si el *Libro de Enoc* deba o no estar como *Libro Oficial* o *Canónigo*.

Y ahora sí, vamos a introducirnos en los libros que según se cuenta pertenecen a este autor. Hay cuatro libros el que más vamos a desarrollar es el llamado *LIBRO DE Enoc* y que forma parte como libro canónico de algunas biblias, exactamente en la de los *Patriarcados de Etiopía y Eritrea* de la *Iglesia Copta*, pero en las demás iglesias cristianas no es reconocido como tal a pesar de que aparece en algunos códices que si aceptan algunos cristianos. Algo similar ocurre con los judíos que es excluido como libro sagrado, pero si lo aceptan los llamados *Beta Israel* (*judíos etíopes*) que lo incluyen en su *Tanaj* que naturalmente es distinto al de los judíos digamos oficialistas.

Vamos, que no se ponen de acuerdo en casi nada todas las religiones de las llamadas *judeo-cristianas*, lo que hay que ver.

Este *Libro* siempre tuvo una cierta controversia en el seno de la iglesia cristiana y fue en el *Concilio de Laodicea* en el año 364, cuando definitivamente fue apartado de su oficialidad.

Así y todo el nombre de *Enoc* y de este *Libro* es mencionado o bien de manera directa o mostrando casi literalmente, algunas de las frases, en diversos textos tanto del *Antiguo Testamento* como del *Nuevo Testamento*, incluso en la *Epístola de Judas (1.8)*, *Epístola de Bernabé (16.4)*, *la Segunda de Pedro (2.4)* además de muchos padres de la Iglesia y cristianos destacados hacen referencia a este libro, *Justino Mártir (100-165), Atenágoras (170), Taciano (110-172), Ireneo (130-208), Orígenes, Clemente de Alejandría (150-220), Tertuliano (160-230), Lactancio (260-325), Metodio de Filipo, Minucio Félix, Comodiano y Cipriano de Cartago*, entre otros, consideraron el libro de inspiración divina. Un defensor de este libro fue el obispo *Prisciliano*, quien fue el primer cristiano condenado a muerte y ejecutado por cristianos por supuesta herejía, en 385.

Como he indicado en el *Nuevo Testamento* también hay numerosas referencias a su nombre, *Mateo 3:12, 5:4-12, 11:28, 13:31-32, 24:14, 24:27, 26:64; Marcos 13:24-27, Marcos 14:21, Marcos 14:62; Lucas 1:52, Lucas 2:13-14, Lucas 6:24, Lucas 9:35,16:13, Lucas 16:23-31, Lucas 24:36; Juan 3:20; 1Corintios 6:2-3; Efesios 3:18,5:13; Filipenses 1:18; 2 Tesalonicenses 2:2; 1Pedro 3:19-20; Judas 1:6; Apocalipsis 3:17,6:10, Apocalipsis 8:2, Apocalipsis 12:16, Apocalipsis 16:14, Apocalipsis 19:19, Apocalipsis 20:1-3, Apocalipsis 21:23-24.*

Estos últimos datos de estos últimos párrafos han sido consultados desde la *Wikipedia ¡!.*

Y ahora empezamos con el primer *LIBRO DE Enoc*, Este se encuentra dividido a su vez, en varios Libros, siendo estos los siguientes:

- Libro del Juicio.
- Libro de los Vigilantes o Caída de los Ángeles.

- Libro de las Parábolas o el Mesías y el Reino.

- Libro sobre el Movimiento de las Luminarias Celestiales o Libro Astronómico.

- Libro de los Sueños.

- Libro de las Semanas (Carta de *Henoc*)

De esta manera se divide lo que nuestro personaje plasma en su famoso libro; y ahora trataremos de exponer lo que él mismo plasma para todas las personas que seguirán en este mundo tras él.

LIBRO DEL JUICIO

«Henoc, hombre justo a quien le fue revelada una visión del Santo y del cielo pronunció su oráculo y dijo: la visión del Santo de los cielos me fue revelada y oí todas las palabras de los Vigilantes y de los Santos y porque las escuché he aprendido todo de ellos y he comprendido que no hablaré para esta generación sino para una lejana que está por venir.»

Libro de Enoc 1, 2

Este es el segundo párrafo del inicio del *Libro del Juicio*, primer libro en el que se divide todo el texto del que vamos a tratar, y es curiosísimo lo que dice el mismo profeta de lo que le ha sido revelado, ¿el lector no se ha dado cuenta?, pues lo reescribo.

«…y he comprendido que no hablaré para esta generación sino para una lejana que está por venir.»

Que hablará no para su generación sino para una lejana que está por venir; ¿de qué generación se trata?, ¿de la que sufrirá las penurias en la "huida" desde *Egipto* a la

Tierra Prometida?; ¿de la época de *Jesucristo*?; ¿de nuestra actual generación?, o tal vez ¿de otra que está por llegar?; ¿a qué generación se puede referir?; creo que es una frase muy intrigante. Vamos a seguir con lo que leemos en el libro.

Los siguientes capítulos de este *Libro del Juicio* trata de la profetización, de lo que ocurrirá el día del juicio, el día de la llegada del *Señor* a la Tierra con el fin de ensalzar a aquellos que han seguido su causa.

Es muy interesante su lectura, pero por su extensión, que aunque no es mucha, no la mostraremos aquí.

Antes de seguir, quisiera indicar que *Enoc* en su Libro, nombra a los ángeles en muchas ocasiones como *Vigilantes*, y a *Dios-Creador* como el *Señor*. Indico esto porque en ocasiones lo observará el lector

LIBRO DE LOS VIGILANTES O CAÍDA DE LOS ÁNGELES

«Así sucedió, que cuando en aquellos días se multiplicaron los hijos de los hombres, les nacieron hijas hermosas y bonitas; y los Vigilantes, hijos del cielo las vieron y las desearon, y se dijeron unos a otros: "Vayamos y escojamos mujeres de entre las hijas de los hombres y engendremos hijos".

Entonces Shemihaza que era su jefe, les dijo: "Temo que no queráis cumplir con esta acción y sea yo el único responsable de un gran pecado".

Pero ellos le respondieron: "Hagamos todos un juramento y comprometámonos todos bajo un anatema a no retroceder en este proyecto hasta ejecutarlo realmente".

Entonces todos juraron unidos y se comprometieron al respecto los unos con los otros, bajo anatema.

Y eran en total doscientos los que descendieron sobre la cima del monte que llamaron "Hermón", porque sobre él habían jurado y se habían comprometido mutuamente bajo anatema.»

Libro de Enoc 6, 1 al 6

Esta es la famosa historia de que los *"Vigilantes/ángeles"*, se unieron a las hijas de los hombres porque eran *"hermosas y bonitas"*.

«Cuando los hombres comenzaron a multiplicarse sobre la tierra y les nacieron hijas, viendo los hijos de Dios que las hijas de los hombres eran hermosas, tomaron para si cuantas de entre ellas les gustaron.»

Génesis 6, 1 y 2

Podéis seguir con la lectura en este capítulo, porque es interesante y coincide con cosas que más tarde observaremos.

«Shemihaza enseñó encantamientos y a cortar raíces ; Hermoni a romper hechizos , brujería, magia y habilidades afines; Baraq'el los signos de los rayos; Kokab'el los presagios de las estrellas; Zeq'el los de los relámpagos; -'el enseñó los significados; Ar'taqof enseñó las señales de la tierra; Shamsi'el los presagios del sol; y Sahari'el los de la luna, y todos comenzaron a revelar secretos a sus esposas. »

Libro de Enoc 8, 3

Esto que acabamos de leer y en especial las últimas palabras, *"... revelar secretos a sus esposas."*, es la idea que puede ser la piedra angular de la definición del bien y del mal, de lo que el Creador quería o bien de lo que no deseaba, en el *Epílogo* de este libro tratare de explicar esto.

Todo este libro del que hemos extraído estas citas, como su nombre indica, es la caída de estos *Vigilantes*, es así como *Enoc* nombra normalmente a los *Ángeles*.

También habla de los famosos *Gigantes* que también encontramos en el *Génesis* y que son los hijos del cruce entre los *Vigilantes* y las mujeres humanas, o no ¿?. En algunos otros textos estos *Gigantes* reciben otros nombres para identificarlos.

Encontramos cuando el *Señor*, es así como le llama *Enoc* al *Creador*, establece los castigos a todos los que han infringido sus normas, a los *Vigilantes* por su desprecio a lo dictado por Él y al juramento entre ellos, a los descendientes, los *Gigantes*, por ser, digamos abominaciones, y a los humanos que obtuvieron conocimientos "inapropiados". Como el *Señor* indica todo desaparecerá con el *Diluvio*, ya lo anuncia con mucha antelación.

Hay algunos párrafos curiosos como el que leeremos continuación.

«El ángel me dijo: "Este sitio es el final del cielo y de la tierra; ha llegado a ser la prisión de las estrellas y de los poderes del cielo.

"Las estrellas que ruedan sobre el fuego son las que han transgredido el mandamiento del Señor, desde el comienzo de su ascenso, porque no han llegado a su debido tiempo; y Él se irritó contra ellas y las ha

encadenado hasta el tiempo de la consumación de su culpa para siempre, en el año del misterio".»

Libro de Enoc 18, 14 al 16

Párrafos curiosos, entendemos lo de que es *"...el final del cielo y la tierra"*, pero lo de la prisión para las estrellas ¿? Y los siguientes párrafos de ese texto ¿?, no logro a entenderlo.

A *Enoc*, le muestran todos los *Vigilantes* custodios, y hay uno que particularmente me llama la atención, bueno son casi todos, pero uno tiene una función especial.

«Remeiel, otros de los santos ángeles, al que Dios ha encargado de los resucitados.»

Libro de Enoc 20, 8

¿Resucitados? Si llevamos tan solo un millar de años de la existencia de humanos, ¿ya hay resucitados?; supongo que habrá trabajo duro ya en esa época. Me pregunto quiénes serían esos resucitado.

Se le mostraron más lugares y siguiendo la lectura llegan, por lo visto, a un lugar terrible.

«Entonces dije: " ¡Qué espantoso y terrible es mirar este lugar!".

Contestándome, Uriel el Vigilante y el Santo, que estaba conmigo me dijo: "Henoc ¿por qué estás tan atemorizado y espantado?". Le respondí: "Es por este lugar terrible y por el espectáculo del sufrimiento"..

Y él me dijo: "Este sitio es la prisión de los ángeles y aquí estarán prisioneros por siempre".»

Libro de Enoc 21, 8 al 10

Bien, la *"prisión de los Ángeles"*; aquellos que incumplen al *Señor*, aquellos que incumplen para lo que fueron creados. ¿Tan terrible sería la visión que tenía frente a él?.

Y, además, dice, *"…y aquí estarán prisioneros por siempre"*.

Una frase muy lapidaria, un castigo muy severo, para siempre, ¿para toda la eternidad?, realmente ¿tan grande fue su pecado?, ¿el de enseñar a los humanos cosas que no deberían haber conocido?.

El siguiente capítulo también describe las prisiones para las almas de los muertos, y dice así algunos de sus párrafos.

> *«Desde allí fui a otra parte, a una montaña de roca dura; había ahí cuatro pozos profundos, anchos y muy lisos. Y dije: "¡Qué lisos son estos huecos y qué profundos y oscuros se ven!".*
>
> *En ese momento, Rafael el Vigilante y el Santo, que estaba conmigo, me respondió diciendo: "Estas cavidades han sido creadas con el siguiente propósito; que los espíritus de las almas de los muertos puedan reunirse y que todas las almas de los hijos de los hombres se reúnan ahí. Así pues, esos son los pozos que les servirán de cárcel»*

Libro de Enoc 22, 1 al 3

Enoc, describe, que observa un espíritu de un hombre muerto acusando, y que su lamento subía hasta el cielo; y la respuesta de *Rafael* el *Vigilante* fue asombrosa.

> *«Entonces pregunté a Rafael el Vigilante y el Santo, que estaba conmigo: "¿De quién es este espíritu que está acusando que se queja de tal modo que sube hasta*

el cielo gritando y acusando?".

Me respondió diciendo: "Este es el espíritu que salió de Abel, a quien su hermano Caín asesinó; él lo acusa hasta que su semilla sea eliminada de la faz de la tierra y su semilla desaparezca del linaje de los hombres".»

Libro de Enoc 22, 6 al 7

Vaya, *Abel*, el segundo hijo varón de *Eva* y *Adán*, su alma, su espíritu, se encuentra en ese lugar; sí, asombroso párrafo.

Los amigos lectores pueden, y les aconsejo, que lean todo lo correspondiente a este capítulo y siguiente, es interesante las descripciones que hace *Enoc*, de todo aquello que le muestra y el con sus ojos observa.

Nosotros seguiremos con más detalle otras citas que aparecen en este libro.

Si leemos el capítulo 25, trata sobre el perfume de un árbol que nadie puede tocar hasta el día de juicio final, pero hay algo que me da vueltas.

«Y él me contestó diciendo: Esta montaña alta que has visto y cuya cima es como el trono de Dios, es su trono, donde se sentará el Gran Santo, el Señor de Gloria, el Rey Eterno, cuando descienda a visitar la tierra con bondad.»

Libro de Enoc 25, 3

He expuesto este párrafo porque hay algo que me desconcierta, *"...Esta montaña alta que has visto y cuya cima es como el trono de Dios, es su trono, donde se sentará el Gran Santo..."*; si nos damos cuenta, en prácticamente todas las civilizaciones, y digo todas, el sumo *Creador*, el

Dios todo poderoso, siempre se encuentra en la montaña más alta, ¿Qué obsesión tienen de subirse a la montaña más alta?, o igual, quien sabe, no es una montaña. Pero es algo que me es muy curioso.

> *«Entonces Sariel, el Vigilante y el santo, que estaba conmigo, me respondió y dijo: "Este barranco maldito es para aquellos que están malditos para siempre; ahí serán reunidos todos los malditos que con su boca pronuncian palabras indecorosas contra el Señor y ofenden su Gloria, ahí serán reunidos y ahí estará el lugar de su juicio.»*

Libro de Enoc 27, 2

Anteriormente ya habíamos visto el castigo a los astros y estrellas, el castigo a los ángeles, y ahora parece también el castigo a los humanos; y este castigo siempre "es para siempre".

Con toda humildad, y lo digo de todo corazón, un padre, y yo lo soy, no creo que castigue *"para siempre"* a su hijo, estoy convencido que por muy grave que sea la ofensa del hijo, más temprano que más tarde, el padre sin olvidar esa ofensa y ese castigo, estoy seguro que haría, haríamos, lo imposible por no perder a ese hijo. Hablo sobre una hipótesis y sinceramente espero no encontrarme en esa situación, pero un padre… No es de esta época ni de lo que estamos tratando, pero bien podríamos recordar la *"Parábola del hijo Pródigo"*; ¿no creéis? Es por lo que eso de que *"para siempre"* es muy duro. Vamos a ver es tan solo un pensamiento muy particular por mi parte.

> *«El árbol es tan alto como un abeto, sus hojas se parecen a las del algarrobo y su fruto es como un racimo de*

uvas, muy bonito; y la fragancia de ese árbol penetra hasta muy lejos.

Y yo dije: "¡Qué hermoso es este árbol y cómo atrae mirarlo!".

Remeiel el Vigilante y el santo, que estaba conmigo, me contestó y dijo: "Es el árbol de la sabiduría, del cual comieron tu primer padre y tu primera madre y aprendieron la sabiduría y sus ojos se abrieron y comprendieron que estaban desnudos y fueron expulsados del jardín del Edén".»

Libro de Enoc 32, 4 al 6

Enoc, según esto, observa el famoso *Árbol de la Sabiduría*, lo que no describe es si está o no el *Jardín del Edén*, de esto no nos dice nada, suponemos que lo que observa, es el famoso *Jardín*.

Nuevamente cambiaremos de Libro en los que se divide el que estamos tratando.

Libro de las Parábolas o el Mesías y el Reino

Este Libro está dedicado a diversas parábolas que *Enoc* escucha durante su estancia en los "cielos". El lector puede comenzar su lectura del capítulo desde su inicio; ahora mostrare lo que a mí me llama la atención.

«En este día mi Elegido se sentará sobre el trono de gloria y juzgará sus obras; sus sitios de descanso serán innumerables y dentro de ellos sus espíritus se fortalecerán cuando vean a mi Elegido y a aquellos que han apelado a mi nombre glorioso.

Entonces, haré que mi Elegido habite entre ellos;

106

transformaré el cielo y lo convertiré en bendición y luz eternas; transformaré la tierra y haré que mis elegidos la habiten, pero los pecadores y los malvados no pondrán los pies allí.»

Libro de Enoc 45, 3 al 5

Esto es lo que el *Señor* le esta, contando a *Enoc*, ¿Quién es ese *"Elegido"*?; ¿podría tratarse de *Jesús (Jesucristo)*? *"...transformaré la tierra y haré que mis elegidos la habiten, pero los pecadores y los malvados no pondrán los pies allí.",* ¿significa esto que en el final de los tiempos todo cambiará?, todo como entendemos nuestra sociedad, nuestra manera de actuar, vamos, que todo será distinto que todo el planeta y de manera física, ¿será transformado y solo será habitado por gente justa?, ¿significa esto?.

Seguimos con más detalles en este *Libro de las Parábolas*, ahora otra curiosidad ligada a los anteriores párrafos.

«Le pregunté al ángel que iba conmigo y que me mostraba todas las cosas secretas con respecto a este Hijo del Hombre: "¿Quién es éste, de dónde viene y por qué va con la Cabeza de los Días?".

Me respondió y me dijo: "Este es el Hijo del Hombre, que posee la justicia y con quien vive la justicia y que revelará todos los tesoros ocultos, porque el Señor de los espíritus lo ha escogido y tiene como destino la mayor dignidad ante el Señor de los espíritus, justamente y por siempre.»

Libro de Enoc 46, 2 y 3

Lo de la "Cabeza de los Días", hay que leerlo para entenderlo, ¿o no?, trae su miga el nombrecito, cuál será su significado, seguro que la traducción es bastante alegórica, pero lo que sí que está clara es la frase.

"...Este es el Hijo del Hombre, que posee la justicia..."

En estas citas, bien claro se encuentra detallado que puede que sea el que conoceremos como *"Jesús"* muchos siglos después, o no, porque, aunque los cristianos crean que *Jesús* fue el *Hijo del Hombre*, los hebreos aun lo esperan y podría tener otro nombre propio, pero de todas maneras no hay duda alguna de lo que se dice en ese párrafo. Ya en esta época del profeta el ser del *"Hijo del Hombre"* ya existía.

> *«Mis ojos vieron allí un profundo valle con amplias entradas y todos los que viven en los continentes, el mar y las islas le llevan regalos, presentes y símbolos de honor, sin que ese profundo valle llegara a llenarse.»*

Libro de Enoc 53, 1

He puesto este párrafo, porque la humanidad tiene menos de dos mil años, y *Enoc*, según indica, ve gente en los continentes; ¡pues vaya!.

Durante todo el llamado *"Libro de Enoc"* siempre habla de muchas almas y mucha gente; ¿tan poblado estaba el planeta en aquella época?.

> *«Porque vi a todos los ángeles del castigo establecerse allí y preparar todos los instrumentos de Satanás.*
>
> *Y le pregunté al ángel de paz que iba conmigo: "¿Para qué preparan esos instrumentos?".*
>
> *Me dijo: "Preparan eso para que los reyes y los poderosos de la tierra puedan ser destruidos.»*

Libro de Enoc 53, 3 al 5

Los instrumentos de *Satanás*, ¿Qué instrumentos serán estos que sirven para poder destruir a los reyes y a los poderosos?. En ocasiones se queda corto *Enoc*, y eso que es bastante descriptivo con todo, casi demasiado, pero en otras cosas, nos deja con la miel en la lengua, no sabemos que instrumentos son; y lo de los reyes, ¿tantos reyes habían?, supongo que cada rey tendría su reino, ¿tanto ambiente había en esa época?.

En el Libro, *Enoc* está viendo como destruyen, como preparan estos instrumentos y cargan contra quienes se convierten como súbditos de *Satanás*; pero en un momento leemos:

> *«Como en los tiempos en que vino el castigo del Señor de los espíritus y Él abrió los depósitos de agua que están sobre los cielos y las fuentes subterráneas.*
>
> *Y todas esas aguas se juntaron, aguas con aguas: las que están sobre los cielos son masculinas y las que están bajo la tierra son femeninas.*
>
> *Y fueron exterminados los que habitaban sobre la tierra y bajo los límites del cielo,*
>
> *para que reconocieran la injusticia que perpetraron sobre la tierra y por ella perecieron.»*

Libro de Enoc 54, 7 al 10

¿Me parece a mí, o realmente está hablando del *Diluvio*, pero en tiempo pasado?; vaya cosas extrañas que podemos leer en estos libros, hay que ir despacio y tranquilitos para entendernos; ¿no creen los lectores que está hablando como algo que ya ocurrió en un tiempo anterior?; otra curiosidad, claro como tantas, y que a buen seguro no comprenderemos lo que nos quiere realmente indicar.

Bien sigamos con lo nuestro que no hemos acabado con este tema

> *«Tras ello la cabeza de los Días se arrepintió y dijo: "En vano he destruido a todos los que habitan sobre la tierra".*
>
> *Y juró por su gran nombre: "De ahora en adelante no actuaré más así con los que habitantes de la tierra; colocaré un símbolo en los cielos como prenda de la fidelidad mía para con ellos por el tiempo que los cielos estén sobre la tierra.»*

Libro de Enoc 55, 1 a 2

Tras la lectura de esta cita observamos a *"alguien"* arrepentido por lo hecho, el diluvio, y que incluso manifiesta que *"En vano he destruido..."* es decir que no ha servido de nada ¡!; vaya, pues tantas muertes y no ha servido de nada... ¿qué habrá ocurrido?, un misterio ¿no os parece?. Pero hay otra cosa que la he remarcado con las comillas el *"alguien"*, ¿quién es ese alguien?, si leemos lo escrito dice textualmente *"...la cabeza de los Días se arrepintió"*; ¿recuerda el lector que en páginas anteriores hablábamos de esta *"cabeza de los Días"*?; ¿recuerda el lector quien llevaba esta *"cabeza"*?, entonces si respondemos a estas preguntas anteriores ¿quién se arrepiente?, realmente leo y observo que se entremezclan algunos personajes, o es que somos nosotros quienes hemos concedido a nuestra imaginación el permiso a creer lo que mejor nos viene en el momento.

Cuando leo muchos de estos textos me abrumo con lo que podría haber sido y por lo que en nuestra época entendemos o damos por sentado lo que fue, creo que, o bien no leemos con tranquilidad o ya estamos condicionados por nosotros mismos y no por otros a creer que leemos otras cosas o que tienen otros significados. Que mente más cerrada tenemos.

«He aquí que en esos días vi como unas cuerdas largas fueron dadas a esos ángeles y ellos se colocaron alas y volaron hacia el norte.»

Libro de Enoc 61, 1

¿Qué los ángeles se colocaron las alas?, vaya hombre, esto es nuevo; estos seres por lo que ahora se ha descrito no disponían de esos apéndices en todo momento, por lo que *Enoc* nos dice, se las pusieron para ir al norte. Entonces, ¿que eran esas alas?, no las utilizaban de continuo por lo que parece, entonces no eran *"alas"* naturales como hemos considerado desde siempre. La lectura tranquila y lenta puede dejarnos ver detalles asombrosos. Vamos a seguir con más cosas.

Estos ángeles llevaban las cuerdas largas mencionadas como las medidas de los justos, pero leamos que viene a continuación con los justos.

«Los elegidos comenzaron a residir con el Elegido y esas son las medidas que serán dadas para fe y que fortalecerán la justicia.»

Libro de Enoc 61, 4

Estos *"justos"* que a su vez son los *"elegidos"*, ¿comenzaran a residir con el *"Elegido"*?.

Sobre los primeros, ya he indicado en alguna ocasión mi sorpresa a que hubiese ya tanto personal por este mundo, y al parecer lo hay, pero bueno ahora lo que me resulta desconcertante es lo del *"Elegido"*, en la época de *Enoc*, ¿ya existía el que cambiaría el rumbo del mundo?; ya está ahí, ya convivía con los seres que habitaban y que se describen en este *Libro* ¿? Cada vez, con más acierto, creo que no estoy leyendo correctamente los textos, no encuentro lógica a lo que leo.

> *«En esos días Noé vio que la tierra estaba amenazada de ruina y que su destrucción era inminente; y partió de allí y fue hasta los extremos de la tierra; le gritó fuerte a su abuelo Henoc y le dijo tres veces con voz amargada: " ¡Escúchame, escúchame, escúchame!"*
>
> *Yo le dije: "Dime, ¿Qué es lo que está pasando sobre la tierra para que sufra tan grave apuro y tiemble? Quizá yo pereceré con ella"».*

Libro de Enoc 65, 1 al 3

Con estos párrafos se inicia el capítulo 65; pero es curioso porque este capítulo junto con el 66, 67 y 68, digamos que el personaje que se hace mención no es *Enoc*, es su nieto, *Noé,*

No vamos a reproducir todos los capítulos, son largos, lo dejamos a la lectura particular de cada uno; pero señalamos que es interesante porque cambia un poco la línea de todo lo que hasta entonces se ha escrito y habla directamente sobre *Noé*.

Se habla, en concreto, sobre el diluvio que va a llegar y *Noé* asustado llama a gritos a su abuelo *Enoc*, que no indica nada, pero igual estaba en los cielos ya que este gritó con bastante fuerza.

Noé nota como en la tierra está pasando algo extraño, que se está preparando algo muy tenebroso y por eso llama a su abuelo.

Éste, le muestra a los ángeles que mantienen por el momento las aguas, que están a la espera de la señal para dejarlas correr, y claro, crear el gran diluvio.

Son varios capítulos que cambian por completo el seguimiento de la historia, por que como he dicho con anterioridad, es *Noé* el personaje principal en estos párrafos.

Interesantes capítulos y recomendable lectura porque ya empieza a moverse de manera seria lo que sería el gran diluvio y la aniquilación de la humanidad.

En el próximo capitulo que vamos a leer y que transcribimos algunas cosas interesantes, son los *Vigilantes* que han caído en desgracia por que revelaron a los humanos lo que no correspondía y por lo tanto incumplieron la ley del *Señor*.

Si el lector lee por completo este capítulo podrá conocer una lista completa de estos *Vigilantes* que incumplieron la norma, no vamos a listar todos los nombres, y además hicieron su famoso juramento. Ahí va el primer párrafo interesante.

«El primero es Yeqon, éste indujo a todos los hijos del cielo y los hizo descender sobre la tierra y los sedujo con las hijas de los hombres.

El nombre del segundo es Asbe'el, éste dio un mal consejo a los hijos del cielo y los condujo a corromperse a sí mismos con las hijas de los hombres.»

Libro de Enoc 69, 4 y 5

Áquí tenemos a los dos primeros que son los que hicieron

posible que los *Vigilantes* se unieran a las hijas de los hombres, estos son los que aconsejaron a sus compañeros que había que ¿unirse a los hombres?, bueno a las mujeres. Lo pongo como una pregunta por que al menos de momento no se ha hablado nada del motivo que se unieran a la mujeres humanas.

Es verdad que en alguna cita de algún canónigo se pueda leer que fue porque eran *"hermosas"*.

Ahora vamos a seguir con otras citas, y muy atentos a lo que vamos a leer.

> *«El nombre del tercero es G'adriel, este mostró a las hijas de los hombres todas las formas de dar muerte, fue él quien sedujo a Eva y él es quien enseñó a los hijos de los hombres los escudos, las corazas, las espadas de combate y todas las armas de muerte; desde su mano ellos han procedido en contra de quienes viven en la tierra desde ese día y por todas las generaciones.»*

Libro de Enoc 69, 6 y 7

Aparte de que este *Vigilante* es el que enseña a las mujeres, curioso que a los hombres no, las formas de dar muerte, hay otra cosa que puede que el lector atento sí que ha observado, *«...fue él quien sedujo a Eva...»*.

¿*G'adriel* es quien sedujo a *Eva*?. Entonces este será su verdadero nombre, el nombre real del que hemos estado llamando siempre como *Satán* o *Satanás*, o bien como siempre, igual no prestamos bastante atención con lo que estamos leyendo, igual es eso porque yo me sigo enredándo.

> *«El nombre del cuarto es Panamu'el, éste mostró a los hijos de los hombres lo amargo y lo dulce y les reveló*

todos los secretos de su sabiduría: les enseñó a los humanos a escribir con tinta y papiros y son muchos los que se han descarriado a causa de ello, desde el comienzo hasta este día.»

Libro de Enoc 69, 8 y 9

Un apunte interesante, al inicio de este Libro en el capítulo con título *"Enoc"*, se dice que si este personaje fue el primer ser humano en saber escribir; hice una indicación de dudas y en este último párrafo aparece del porqué de esas dudas. El *"Vigilante caido Panamu'el"* es quien enseña a los humanos a escribir, por lo tanto ¿le enseño también a *Enoc*? Lo que está claro es que no era él el único que conocía este medio de comunicación. Además, también al final dice una frase que la verdad podría ser muy bien de tiempos oscuros, *"... y son muchos los que se han descarriado a causa de ello..."*. Por favor, esto es lo de siempre, que el conocimiento provoca malos pensamientos, que hay que vivir en la incultura, en la oscuridad. ¡Venga ya!.

Aclarado el tema sigamos con más cosas. El último párrafo del capítulo en el que estamos es interesante por el nuevo personaje que aparece, bueno, aparece unos párrafos anteriores, pero en este último indica claramente su función.

Tras la caída de los *Vigilantes* y tras el castigo a la humanidad por sus faltas contra la Ley del *Señor*, vendrá el gran Juicio y el gran juramento de todos los fieles al *Señor*, todo esto aparece en esos últimos párrafos y al final podemos leer

«A partir de entonces nada se corromperá, porque este Hijo del Hombre ha aparecido y se ha sentado en el

trono de su gloria, toda maldad se alejará de su presencia y la palabra de este Hijo del Hombre saldrá y se fortalecerá ante el Señor de los espíritus. Esta es la tercera parábola de Henoc.»

Libro de Enoc 69,29

Sí, el *Hijo del Hombre* de nuevo aparece en el historia como el que cerrara el circulo de maldad y de salvación. Al parecer en aquella época ya estaba todo listo para lo que sucedería siglos después. ¿Estará preparado también para nuestro futuro?, como hemos leído y escuchado en multitud de ocasiones ¿Todo está escrito? ¡Pues vaya!.

«El ángel Miguel me tomó de la mano derecha, me levantó y me condujo dentro de toso los misterios y me reveló los secretos de los justos; me reveló los secretos de los límites del cielo y todos los depósitos de las estrellas, de las luminarias, por donde nacen en presencia de los santos.

El trasladó mi espíritu dentro del cielo de los cielos y vi que allí había una edificación de cristal y entre esos cristales, lenguas de fuego vivo.»

Libro de Enoc 71,3 al 6

El ángel *Gabriel* acompaña a *Enoc*, ve una edificación de cristal y si seguimos leyendo en este capítulo 71 hay fuego a las cuatro esquinas; allí ve a otros *ángeles*, a otros *Vigilantes*, nos detalla que también observa a los *Serafines*, *Querubines* y *Ofanines* que estos nunca duermen, vigilan el trono. Y ¿Qué tipo de seres son estos que aparecen en tantos textos y tantas leyendas?.

« Con ellos estaba la cabeza de los Días, su cabeza era blanca y pura como la lana y sus vestidos eran

116

indescriptibles.»

Libro de Enoc 71,10

De nuevo la *"cabeza de los Días"*; realmente ¿tenemos claro que es o quién es?.

«Caí sobre mi rostro, todo mi cuerpo desmayó, mi espíritu fue trasfigurado, grité con voz fuerte, con espíritu de poder y bendije, alabé y exalté.

Estas bendiciones que salieron de mi boca fuero consideradas agradables ante esta Cabeza de los Días.

Y esta Cabeza de los Días vino con Miguel, Gabriel, Rafael y Sariel y una multitud innumerable de ángeles.

Vino a mí, me saludó con su voz y me dijo: "Este es el Hijo del Hombre que ha sido engendrado por la justicia, la justicia reside sobre él y la Cabeza de los Días no le abandonará".

Me dijo: "Él proclamará sobre ti la paz, en nombre del mundo por venir, porque desde allí ha provenido la paz desde la creación del mundo y así la paz estará sobre ti para siempre y por toda la eternidad.»

Libro de Enoc 71,10

En varias ocasiones esta *Cabeza de los Días*, nos da a entender que es o será el *Salvador*, el *hijo del Hombre*, talvez, ¿*Jesucristo*?.

Leo una y otra vez los lugares en los que aparece escrito lo de la *Cabeza de los Días*, que no tengo muy claro su significado, igual la traducción original de estas palabras a nuestro idioma ha sido transfigurada de manera notable; pues bien, cada vez que lo leo estoy más que convencido de que se refiere a *Jesucristo* para los

117

cristianos.

Todo lo indicado en este *"Libro de las Parábolas o el Mesías del Reino"* llega a su fin; creo que he podido reseñar párrafos interesantes para el lector; naturalmente hay mucho más escrito al respecto y creo que no debo de dejar de aconsejar su lectura completa; pero lectura completa de todo el *"LIBRO DE ENOC"*.

Y ahora sigamos, aun nos quedan más partes dentro de este libro que debemos de leer y desarrollar y asombrarnos de la cantidad de cosas que realmente desconocemos y que están ahí a la mano de todos.

LIBRO SOBRE EL MOVIMIENTO DE LA LUMINARIAS CELESTIALES O LIBRO ASTRONÓMICO

No voy a extenderme mucho en reescribir lo que el buen amigo *Enoc* nos indica, si queréis, podéis intentar descubrir la cantidad de datos que nos va a dar a conocer en lo que sería el calendario hebreo. De todas maneras, un poco más adelante trataremos de nuevo este calendario.

El capítulo 72 trata sobre la ley de la iluminaria del Sol, y este capítulo se inicia así:

«El Libro del Movimiento de la Luminarias Celestiales, las relaciones entre ellas, de acuerdo con su clase, su dominio y su estación, cada una según su nombre y el sitio de su salida y según sus meses, las cuales Uriel, el santo ángel que estaba conmigo y que es su guía, me mostró y me reveló todas sus leyes exactamente como son y como se observan todos los años del mundo, hasta la eternidad, hasta que se complete la nueva creación

que durará hasta la eternidad.

Esta es la primera ley de las luminarias, la luminaria del sol, que tiene su nacimiento en las puertas orientales del cielo y su puesta en las puertas occidentales del cielo.»

Libro de Enoc 72, 1 y 2

De esta manera iniciamos este capítulo. Curioso lo que dice *"…hasta la eternidad, hasta que se complete la nueva creación que durará hasta la eternidad."* ¿Tanto durara esta creación en la que estamos?, ¿hasta la eternidad?, creo que es una buen señal, según esto no nos extinguimos, ¿o sí?.

Empecemos con lo que podemos leer de lo que nos describe nuestro personaje; *Enoc* observa seis puertas en oriente y otras seis puertas más en occidente, un total de doce puertas; es la clave para contar el tiempo de los años, los meses, las semanas, los días; además también observa entre las puertas una gran cantidad de ventanas.

Informar al lector que la lectura de este capítulo 72 es algo enrevesada y bastante complicada para entender, o al menos así lo ha sido para mí, pero es interesantísimo ver de la manera en que se computan los diversos tiempos en los que se componen los años. Aconsejo su lectura.

«En esta forma nace en el primer mes por la gran puerta que es la cuarta.

En esta cuarta puerta por la cual el sol nace el primer mes hay doce ventanas abiertas de las cuales procede una llama cuando están abiertas en su estación.

Cuando el sol nace viene desde esa cuarta puerta por

119

treinta mañanas seguidas y se pone exactamente por la cuarta puerta en el occidente del cielo.

Durante este período cada día llega a ser más largo que el anterior y cada noche llega a ser más corta que la anterior:

En ese momento el día se ha alargado en una novena parte a costa de la noche: el día equivale a diez partes y la noche exactamente a ocho partes.»

Libro de Enoc 72,6 al 10

Seguimos por lo curioso que es que el inicio de todo esto, comienza en la cuarta puerta, no en la primera si no en la cuarta; ¿algún sentido esto?, yo no lo logro a conocer esto, por el momento, pero esta así escrito y hay que tomarlo como esta.

Nos indica que esto ocurre durante treinta mañanas, es decir treinta días antes de cambiar de ventanas que sería el cambio del mes; pero seguimos leyendo y nos dice que cada día llega a ser más largo que el anterior y que cada noche más corta que el anterior. Esto es un detalle que ocurre a la entrada de la estación que denominamos el *"invierno"*, sobre lo que contamos como 20 o 23 de diciembre, según el año y en el hemisferio norte, pasamos lo que se conoce como el *"solsticio de invierno"* (de *"solsticio de verano"* en el hemisferio sur), es cuando la Tierra se encuentra lo más alejada del Sol, y es ese momento cuando al ir acercándose al astro solar, la luz de este sobre la Tierra comienza a extenderse por minutos durante más tiempo sobre nosotros, en cambio la noche se hace poco a poco más corta.

Sobre esto indicar que he tenido que echar mano de algunos conocidos y amigos, porque conozco refranes que hablan sobre que el día es más las largo despúes del *"solsticio de invierno"*, pero no estaba al día con los de la lengua castellana.

1 de enero	Al empezar el año, ya crece el día un paso de gallo.
6 de enero	Para Reyes, el día crece un paso de bueyes.
22 de enero	Por San Vicente, hora corriente.

Todo esto para indicar que, si se inicia en la cuarta puerta, ¿podría señalar que es cuando se inicia el invierno? Por lo de que los días se hacen más largos y las noches más cortas.

El capítulo este sigue con el conteo de los pases del Sol, naciendo por una puerta y finalizando por la otra durante los diversos días cumpliendo los treinta cada mes. Indicar que también va contando las noches y como se alargan y se acortan estas noches o mejor dicho el cambio que hay de duración del días respecto a la noche. Como he dicho es complicado y a mí no me ha costado, si no que no he podido aclárame con lo que describe, de todas maneras, cumple la ley del Sol que son 364 días en un año, luego hay más cambios por diferencias y prolongaciones en algunos años, ¡Uf!. Pero bueno hay que seguir, y les digo que es muy interesante.

«Despúes de esta ley, vi otra ley, que trata sobre la pequeña luminaria, cuyo nombre es luna.

Su circunferencia es como la circunferencia del cielo y el carro en el cual monta y la luz le es dada con mesura;

y cada mes su nacimiento y su puesta se modifican; sus días son como los días del sol y cuando su luz es plena, es la séptima parte de la luz del sol.

Así nace: en su primera fase nace del lado del oriente el trigésimo día y en la época en que ella aparece es para vosotros el principio del mes sobre el trigésimo día, simultáneamente cuando el sol está en la puerta por la cual nace.»

Libro de Enoc 73,1 al 4

Entramos en los capítulo 73 y 74, y como leemos al inicio vio otra ley la de la Luna; y al igual que la anterior ley; *Enoc* nos cuenta lo que ve, el paso de la Luna, el tiempo de pases con respecto al Sol, la diferencia entre ambos.

En el capítulo 73 leemos cuando crece y decrece la luna, nos detalla las diferencias con el astro Rey, vamos, que nos enseña las diversas fases de la Luna con una exactitud espectacular.

El capítulo 74 sigue hablando del Sol, de la Luna y de los demás astros, sus cambios, sus ciclos, incluso señala las diferencias de días al paso de los años.

Repito son unos capítulos interesantísimos, podemos ver que este calendario es más que muy exacto, es correcto, y tiene en cuenta las diferencias de ambos astros para crear los años y respetarlos al pasar estos por las diferencias de días que se quedan por el camino.

Año		SOL		Luna		Diferencia
1	⟶	364				
2	⟶	1092	⟶	1062		
3	⟶	1820	⟶	1720	⟶	50
8	⟶	2912	⟶	2832	⟶	80

Estas son las diferencias que podemos encontrar a través de los años, los días que les corresponden al Sol y los días de la Luna.

Ahora dejamos todo este tema de los días, semanas, meses y años, de los ciclos y llamadas ley del Sol y de la Luna, y seguimos con unos capítulos más.

En el capítulo 76 *Enoc* de nuevo, vuelve a ver doce puertas; pero en esta ocasión están divididas de la siguiente manera; tres están al oriente, tres más al sur, otras tres al norte y por fin las últimas tres al occidente.

De estas puertas y de según de qué lado, salen vientos, sequía, calor, rocío, lluvia, langosta... Salen diversas causas que son para bien o para mal en el mundo, es un capítulo interesante y curioso y que al final nombra a su hijo Matusalén como al que se lo está contando.

Hay también una curiosidad, el capítulo 80, el *Vigilante "Uriel"*, le cuenta a *Enoc* que llegara un día que el orden establecido del Sol, la Luna y demás astros se modificará; y a continuación indica unas series de calamidades que ocurrirán, no las indica, pero parece vaticinar un apocalipsis, ¿puede que sean señales del fin?.

El calendario de *Enoc* es un calendario de doce meses solares de treinta días cada mes y un año de trescientos sesenta y cuatro días, fue utilizado por los patriarcas posteriores al diluvio, *Noé*, *Abraham* y *Jacob*. A *Moisés* le fue enseñado por *Malaj de Yahweh* y estuvo en vigor hasta el segundo Templo mientras gobernaron *Esdras* y *Nehemías*. Fue el calendario oficial hebreo hasta el segundo siglo antes de *Cristo*, cuando el rey *Antíoco IV Epífanes* obligó a los hebreos a observar el calendario lunar.

Finalizamos aquí este y pasamos a lo que es el siguiente Libro en los que está dividido este interesantísimo *"LIBRO DE ENOC"*.

LIBRO DE LOS SUEÑOS

No me voy a extender en este, se refiere a las diversas visiones que tiene *Enoc* en diversos sueños. En principio es sobre el fin de todo, es un sueño apocalíptico.

Enoc sigue soñando un sueño realmente extraño, se dice que es la historia que seguirá al mundo y en especial al pueblo de Israel, señalar que en el tiempos de *Enoc* no existía el pueblo de Israel como tal; y como he dicho es un sueño extraño en el que la humanidad está representada por animales, como ovejas, como toros, de color blanco o negro, de cuervos. Es un sueño algo largo para leer y no muy cómodo por su extensión, pero todo ello es aconsejable conocer por lo que, recomiendo su lectura.

Este *Libro de los Sueños*, es para mí, algo confuso y demasiado largo para poder encontrar un sentido claro a lo que nos está contando, no por ello sigo indicando la necesidad de leerlo.

LIBRO DE LAS SEMANAS (CARTA DE HENOC)

Resumiré muy brevemente este, no es que no tenga interés, al contrario, todo *"EL LIBRO DE ENOC"* es mucho más que interesante.

Nuestro personaje divide en diez semanas una historia en la que está interpretando el pasado para apoyarse en el futuro, pero no en un futuro próximo, sino más bien bastante lejano.

Si alguien hubiese consultado este *Libro* que estamos tratando desde la web que indico en la Bibliografía, observaría que hay un poco más, hay un último título llamado *"Fragmento del Libro de Noé"*, como se dice, es un fragmento del *"Libro de Noé"*, no vamos a entrar en detalles de su autor, pero que lo trataremos en el capítulo siguiente que es exclusivo a *"Noé"*.

Y aquí finalizamos el *"LIBRO DE ENOC"*, que al principio de este capítulo hemos indicado de su aceptación e inclusión en la *Biblia de la Iglesia Ortodoxa etíope* y en el *Tanaj de los Beta Israel* (judíos etíopes), todas las demás ramas cristiana y judías no aceptan como canon este libro; y ahora seguiremos con otro de los *"LIBROS DE ENOC"*.

Ya hemos indicado que hay un total de cuatro *"Libros de Enoc"*; mucho libro sobre lo mismo, ¿no creen los lectores?.

No vamos a entrar quien los escribió y mucho menos cuando, diremos que son naturalmente copias de otras copias, se supone, y que a través de los siglos hoy por hoy tenemos una última copia y que algunos "exploradores" de lo antiguo lo atribuyen que fue redactado por el propio *Enoc*, y que recordemos que este escribía todo lo que observaba y le indicaban los *Vigilantes* siguiendo instrucciones del *Señor*.

Este segundo libro es conocido como *"LOS SECRETOS DE ENOC"* y al igual que el anterior cuenta todo aquello que le muestran ante sus ojos.

Y llegamos a un capítulo donde indica algo que me sorprende.

«Entonces los hombres me sacaron de allí y me llevaron al tercer cielo, colocándome en medio del paraíso.

Es éste un lugar de una bondad incomprensible, en el que puede ver toda clase de árboles en pleno florecimiento, cuyos frutos estaban en sazón y olían agradablemente. (vi, asimismo) alimentos de toda especie que habían sido traídos allí y despedían al bullir un aroma suavísimo.

Y en el centro se encontraba el árbol de la vida, precisamente en el mismo lugar en que suele reposar el Señor cuando sube al paraíso. Este árbol, indescriptible tanto por su calidad como por la suavidad de su aroma, es de una hermosura superior a todas las cosas existentes. Por cualquier lado que se le mire tiene un aspecto como de color tojo y gualda, parece como de fuego y cubre todo el paraíso; (al mismo tiempo) participa de todos los demás árboles y de todos los frutos y tiene sus raíces dentro del paraíso, a la salida de la tierra. »

Los Secretos de Enoc 5, 1 al 3

En ocasiones no me aclaro, leyendo textos no presto mucha atención, intentare explicarme, aquí *Enoc* dice textualmente que *"los hombres"*, y no los *"vigilantes"*, lo llevaron al *"tercer cielo"* y lo colocaron en medio del *"paraíso"* y luego indica que observa en el centro *"el árbol de la Vida"*, y ahí esta mis dudas; siempre hemos, y se nos ha inculcado, que nuestros primeros padres no debían de comer del fruto prohibido de cierto árbol, tambіén nos hablan de que había en el *"paraíso"* dos árboles, el *"árbol de la vida"* y también el *"árbol de la ciencia o sabiduría"*, ¿podría también aceptar que no hubiesen dos árboles si no uno y que aglutinara lo de estos dos?. ¿Cuántos árboles habían prohibidos?, ¿Prohibidos por qué?, ¿Alguien me puede ayudar?.

En esta cita, *Enoc* indica que lo llevan al *"paraíso"*, ¿el jardín del *Edén* es también el *Paraíso*?, ¿en vez de estar en la Tierra estaba en el *"tercer cielo"*?; no creo, porque si leemos textos que relatan a *Eva* y *Adán* y a sus hijos y descendencia en algún momento indican que ellos van al *Edén*, o que habitan cercas del lugar, por lo que estarían en la Tierra y no el en cielo; ¿o no?. Pero sigo preguntándome quienes eran esos *"hombres"* que lo llevaron a este *"tercer cielo"*.

Bien, siguiendo la lectura de este nuevo *Libro*, vamos a encontramos de nuevo con el calendario que nos ofrece nuestro amigo.

> *«Y vi seis puertas grandes, abiertas, cada una de las cuales medía sesenta y un estadios y cuarto. No sin haber tomado medida escrupulosamente, pude apreciar tal magnitud, que corresponde a las puertas por las que el sol sale, avanza hacia el ocaso, se equilibra y entra en todos los meses.»*

Los Secretos de Enoc 6, 9

Observamos que nos indica que la distancia entre las puertas de oriente con las de occidente están a una distancia de 61 ¼ estadios separadas entre ellas. Siento no poder daros una medida exacta, algo que os sirviera de referencia para saber cuánto es la longitud de 1 estadio. He revisado la Biblia y el Talmud y hay gran cantidad de indicaciones del valor este de longitud, ninguna igual a la anterior. Por este motivo no puedo dar algo que pudiera acercaros a esa longitud de las puertas.

Seguimos leyendo y hay un cambio en el calendario y los días de cada mes, ahora estos meses se modifican de manera significativa. Vamos que una locura.

«Por la puerta primera sale cuarenta y dos días, por la segunda treinta y cinco, por la tercera treinta y cinco, por la cuarta treinta y cinco, por la quinta treinta y cinco, y por la sexta cuarenta y dos. Luego vuelve atrás –partiendo de la sexta puerta a medida que pasa el tiempo– y entra por la quinta puerta treinta y cinco días, por la cuarta treinta y cinco, por la tercera treinta y cinco, por la segunda treinta y cinco. Y así terminan los días del año al ritmo de las cuatro estaciones.»

Los Secretos de Enoc 6, 10

Yo lo veo claro lo que aquí indica ya que si sumamos nos salen diez meses, ¿solo diez?, y un total de 364 días al año, y además nos dice que *"…Y así terminan los días del año al ritmo de las cuatro estaciones."* Esto hemos leído.

Mes		Días	Mes		Días
1	⟶	42	6	⟶	42
2	⟶	35	7	⟶	35
3	⟶	35	8	⟶	35
4	⟶	35	9	⟶	35
5	⟶	35	10	⟶	35

La verdad es que la suma total de estos días en estos meses a mí me da "364" días, ¡pero solo 10 meses!.

«De nuevo me llevaron aquellos varones a la parte occidental del cielo y me mostraron seis grandes puertas, abiertas y situadas frente por frente en la

misma disposición que las de la parte oriental. Por ellas se pone el sol de acuerdo con el cómputo de trescientos sesenta y cinco días y cuarto, y de esta manera, a través de las puertas occidentales, llega el sol a su ocaso.»

Los Secretos de Enoc 6, 11

"365 días ¼" ¿de dónde sale esto? Yo así no lo he contado, desconozco del porqué de esto, si alguien me lo pudiera aclarar, pues gracias.

Este es el calendario solar, ahora hablaremos del calendario lunar. ¿os parece bien?.

«Por la primera (puerta) entra exactamente treinta y un días en la zona solar, por la segunda exactamente treinta y cinco días, por la tercera exactamente treinta días, por la cuarta exactamente treinta días, por la quinta treinta y un días de manera excepcional, por la sexta exactamente treinta y un días, por la séptima exactamente treinta días, por la octava treinta y un días de manera excepcional, por la novena treinta y un días exactamente, por la décima treinta días exactamente, por la undécima treinta y un días exactamente y por la duodécima veintidós días exactamente.»

Los Secretos de Enoc 6, 19

Mes		Días	Mes		Días
1	⟶	31	7	⟶	30
2	⟶	35	8	⟶	31*
3	⟶	30	9	⟶	31
4	⟶	30	10	⟶	30
5	⟶	31*	11	⟶	31
6	⟶	31	12	⟶	22

**De manera excepcional. ¿?*

De esta manera se describe el paso del tiempo en un año lunar y si los lectores suman como yo el resultado sale una y otra vez la de "363 días"; además está lo del asterisco (*), ¿Qué quiere decir lo de manera excepcional?; yo no lo comprendo y mucho menos de leer lo que a continuación encontramos.

> *«El año solar consta de trescientos sesenta y cinco días y un cuarto, mientras que el lunar tiene trescientos cincuenta y cuatro, que hacen doce meses. Contando a veintinueve días por mes, le faltan once días con relación al ciclo solar, que son las* **epactas** *de la luna. Este gran ciclo comprende quinientos treinta y dos años.»*

Los Secretos de Enoc 6, 21

"354 días", es lo que indica el calendario lunar y que se divide en 12 meses; pues la verdad es que no me cuadra absolutamente nada, ¿Cómo sacan las cuentas?; no tengo ni la menor idea, hay una diferencia de nueve días y creo que son muchos para dejarlos en esos dos meses del asterisco,, ¿Cómo realizan la suma de días?.

También quiero explicar lo de **"epacta"** (en singular) que he señalado anteriormente. Bien según el *Diccionario de la Real Academia de la Lengua Española (RAE)* su significado tiene tres acepciones, pero indico las dos primeras, la tercera también tiene relación, pero no nos afecta ahora, pues bien podemos leer lo siguiente:

epacta

Del pl. lat. tardío epactae, y este del pl. gr. ἐπακταί epaktaí '[días] añadidos, intercalados'.

1. f. Número de días en que el año solar excede al lunar

común de doce lunaciones.

2. f. Número de días que la luna de diciembre tiene al día primero de enero, contados desde el último novilunio.

Esto es lo que nos indica la "RAE" sobre el significado de esta palabra, y…

¡BASTAAA! 

Creo que ya está bien del dichoso calendario, no me entero de casi nada y a mí no me cuadran las sumas, si alguien sabe cómo funciona esto que me lo explique, ahora seguiremos con otras cosas.

Que mareo por favor.

Venga cambiemos de raíz. En el siguiente capítulo se habla de los *"Grigori"*. ¿Quiénes son? Leamos.

«Su aspecto era como de hombres, si bien su estatura era mayor que la de los grandes gigantes; su faz era triste y el silencio de sus labios era perpetuo.»

Los Secretos de Enoc 7, 2

Claramente nos indica que son de mayor tamaño a los llamados *Gigantes* los cuales eran los hijos de la unión entre los *Vigilantes* y las mujeres humanas.

«…Estos son los Grigori que apostataron del Señor –doscientas miríadas en total– juntamente con su caudillo Satanael.»

Los Secretos de Enoc 7, 5

«Estos son los que, desde el trono del Señor,

descendieron a la tierra, al lugar llamado Hermón, mancillando la tierra con sus fechorías.

Las hijas de los hombres cometen muchas abominaciones en todas las épocas de este siglo, conculcando la ley, mezclándose (con ellos) y engendrando a los grandes gigantes, los monstruos y la gran iniquidad.»

Los Secretos de Enoc 7, 7 al 8

Pues creo que ya está claro quiénes son, aquellos que infringieron la Ley del *Señor*, del Creador, y se unieron a las mujeres que les parecieron hermosas y les enseñaron y contaron secretos que, según el *Señor*, los humanos no deberían de conocer.

Recordad este último párrafo porque lo trataremos algo más adelante en este libro casi a su final.

Hay algo que me ha llamado la atención y es la aparición del arcángel *"Vrevoil"*, al que el *Señor* le encarga que le entregue una pluma a *Enoc* y le dicte los libros que este mismo arcángel a escrito ya que este tenía como encargo la de escribir todas la obras del *Señor*.

Casi al final de capítulo leemos:

«Siéntate y haz un registro de todas las almas humanas, incluso de las que no han nacido, y de los lugares que les están preparados desde siempre, ya que todas las almas están predestinadas desde antes de que fuera hecha la tierra.»

Los Secretos de Enoc 10, 7 y 8

Según la lectura de estas líneas, bien claro lo indica, que mucho antes de la creación de nuestro planeta ya teníamos preparado lo que será nuestra vida, el viaje de nuestras almas ya está escrito para los que han pasado, para los que estamos y para todos aquellos, espero que, por muchos siglos, pasaran por esta vida... ¿y las siguientes?.

Una pequeña reflexión personal; ¿si es así, si todo está más que organizado?, ¿nosotros que sentido tenemos?, ¿por qué estamos aquí?, ¿no está, todo ya dicho y hecho?.

Sigamos, no entremos en ideas muy filosóficas porque no es lo que deseo en estos momentos escribiendo este libro, pero si sería muy interesante algunos debates con diversas ramas de pensamiento y si, plasmarlo en un libro; pero ahora sigamos con lo nuestro.

La lectura de este libro de *Enoc* nos va a sorprender nuevamente; ahora en el capítulo con el que vamos a seguir el *Señor* lo llama y lo sienta a su izquierda con *Gabriel* contándoles cosas sobre la creación, cosas de una sorpresa mayúscula.

> *«Henoc, todo cuanto ves y todas las cosas, ya sean estables o transitorias, han sido creadas por mí.»*

Los Secretos de Enoc 11, 3

No hay duda de lo que le afirma en este párrafo, en donde le manifiesta claramente quien ha sido el *Creador*.

> *«Ni siquiera a mis ángeles he descubierto mis secretos, ni les he manifestado su propio origen; ellos tampoco han podido comprender mi creación infinita e incomprensible, que yo ahora te explico a ti.»*

Los Secretos de Enoc 11, 5

Vaya, además de no comprender del porqué de la

Creación, los mismos ángeles desconocen su origen, ¿Por qué?, ¿Se han planteado ellos mismo esa duda?, o bien no dudan en ningún momento de lo que son y a quien se deben.

«Antes de que llegaran a existir las cosas visibles, yo era el único que se paseaba en lo invisible como el sol de oriente a occidente y de occidente a oriente. (Más aún), mientras que el sol tiene su reposo, yo no encontraba descanso, porque todo estaba sin hacer.

Entonces pensé poner un fundamento y crear la naturaleza visible.»

Los Secretos de Enoc 11, 6 y 7

El gran misterio de lo que habría antes de crear "nada", pero es curioso que indica que el no encontraba descanso porque todo estaba por hacer, ¿Es que se tenía que hacer?.

Lo que a continuación se lee en ese capítulo es interesante, no lo voy a reescribir todo, pero si para el lector que le puede interesar la *Creación* tal como nos la detalla *Enoc* que es como se lo cuenta el *Señor*.

Aparecen dos nuevos personajes que están en lo invisible, uno que es visible, *Adoil*, y otro que es invisible *Aruchas*, en estos personajes, y según lo descrito, en su interior es donde se fragua la tan mencionada *Creación* y que a partir de ellos todo sería creado.

«Y el día cuarto mandé que surgieran grandes luminarias en los círculos de los cielos.

En el primer círculo, el más alto, coloqué a la estrella Cronos; en el segundo, más bajo, coloqué a Afrodita; en el tercero a Ares, en el cuarto al Sol, en el quinto a Zeus, en el sexto a Hermes y en el séptimo a la Luna.»

Los Secretos de Enoc 11, 47 y 48

He querido señalar estos párrafos por la curiosidad de los nombres a los que coloca en cada uno de los círculos; la verdad, son los nombres de otros tantos dioses griegos, ¿Cómo es posible?. Dioses helenos en este libro escrito muchos siglos antes, ¿de qué manera se entremezclaron los nombres de estos dioses en ambas culturas?. Esta duda es la que me ha hecho exponer estos dos párrafos, pero sigamos adelante.

«El sexto día di órdenes a mi Sabiduría para que creara al hombre, partiendo de siete elementos, a saber: su carne de la tierra, su sangre de rocío y del sol, sus ojos del abismo de los mares, sus huesos de piedra, su pensamiento de la celeridad angélica y de las nubes, sus venas y sus cabellos de hierbas de la tierra, su alma de mi propio espíritu y del viento.»

Los Secretos de Enoc 11, 57

Y aquí nos encontramos con la creación del hombre, si digo del hombre porque cuenta la historia de la "segunda creación" que leemos en el *Génesis*; primero crea al hombre y más tarde tras dormirlo creara a la mujer.

«Entonces puse a su disposición un cobertizo, le sumergí en un sopor, y él se quedó dormido.

Y, mientras dormía, le quité una costilla y le hice una mujer, para que por la mujer le llegara la muerte. .»

Los Secretos de Enoc 11, 67 al 69

La historia es parecida, pero observamos que le crea un cobertizo, seria para estar más cómodo mientras dormía, pero lo inquietante es lo que dice al final *"para que por la mujer le llegara la muerte."*, vamos a ver, crea a la mujer para que le llegue la muerte al hombre, entonces en el momento de la *Creación* ya estaba todo listo; pues según lo que habíamos leído unas páginas anteriores parece que sí y que lo que conocemos como el *"pecado original"* era algo que ya estaba previsto. Pues no sé, que reglas de juego más extrañas.

Este capítulo sigue con el gran error de *Eva* y *Adán*, con *Satán* (hacía tiempo que no lo veíamos), con la expulsión y demás historia ya conocida. También habla del diluvio, pero como hemos visto en varias ocasiones este diluvio es algo que ya se sabía desde el principio con *Eva* y *Adán*; y finaliza entregándole a *Enoc* los libros que ha escrito él mismo (*Enoc*) y que debe de entregar a sus generaciones posteriores para que conozcan todos los misterios.

«Henoc nació, pues, el día 6 del mes de Pamovus y vivió trescientos sesenta y cinco años.

Fue arrebatado al cielo el día 1 del mes de Nisán y permaneció en el cielo sesenta días, escribiendo todas las señales de todas las cosas que Dios creó.

Llegó a escribir trescientos sesenta y seis libros, y se los entregó a sus hijos.

Luego permaneció en la tierra treinta días, conversando con ellos, y de nuevo fue raptado al cielo durante el mismo mes de Pamovus, en el mismo día 6 en que había nacido y a la misma hora. .»

Los Secretos de Enoc 19, 1 al 6

Resumen de la fecha de nacimiento, los años vividos, y el día que el *Señor* se lo volvió a llevar, además indica que escribió la cantidad de trescientos sesenta y seis libros, vaya cantidad de libros, pero solo conocemos cuatro. ¿?

Los siguientes párrafos y hasta el final de este libro ya no es *Enoc* quien digamos que describe los hechos, o bien es su hijo Matusalén o una tercera persona desconocida, digo esto porque indica estos últimos párrafos lo que ocurrió una vez *Enoc* es llevado junto al *Señor*.

> *«Cuando llegó, pues, el tiempo del tránsito en la vida de Matusalén, se le apareció el Señor en una visión nocturna, diciéndole:*
>
> *—Escucha, Matusalén. Yo soy el Señor, Dios de tu padre Henoc.*
>
> *Quiero que sepas que han tocado a su fin los días de tu vida y que se ha acercado la hora de tu descanso.*
>
> *Llama a Nir, hijo de tu hijo Lamec –el segundo por orden de nacimiento después de Noé–, revístele de tus vestiduras sacerdotales, ponle al pie de mi altar y anúnciale todo lo que va a acaecer en los días (de su vida), ya que se acerca el tiempo de la destrucción de la tierra entera, así como de todo hombre y de todo animal que vive sobre la tierra. .»*

Los Secretos de Enoc 22, 4 al9

En estos párrafos leemos que el *Señor* ya le comunica a *Matusalén*, en sueños, mientras duerme, que su tiempo llega a su fin, y pide que traspase a su segundo nieto *Nir* las funciones sacerdotales que el ostenta. Curioso lo de pasarle la función a *Nir*, segundo hijo de su hijo *Lamec*, porque el primer nieto de *Matusalén*, que a su vez es el primer hijo de *Lamec*, es *Noé*, y claro para este hay algo preparado de manera muy especial.

«Durante sus días sobrevendrá una confusión muy grande sobre la tierra,…»

Los Secretos de Enoc 22, 10

«Durante sus días…», el *Señor* se refiere a los días en la vida de *Nir*, ya va señalando que algo grave ocurrirá, pero no será el *Diluvio*, si no la separación de los pueblos y naciones, con guerras y disputas. *Nir* fallecerá antes de ese gran *Diluvio*.

El capítulo 23 cuenta unas historias de lo más curiosas, pero quiero señalar una que la verdad me deja algo atónito. *Nir* estaba casado y no tenía descendencia, su esposa se llamaba *Sopanima*, la cual era estéril, y casi al final de su vida sin haber estado con su esposo ni con ningún otro hombre se dio cuenta de que estaba en cinta. Siempre ocurre algo así en este tipo de historias.

Ella por vergüenza se escondió hasta casi el momento del parto. Bien no voy a contar toda la historia para no prolongar más lo que hay, ahora bien, lean con curiosidad esto porque es que realmente no sé cómo pudo haber ocurrido.

«Cuando Sopanima cayó en la cuenta de su embarazo, se llenó de vergüenza y rubor y se mantuvo escondida todo el tiempo hasta el parto, sin que nadie lo notara.

Al cumplirse los doscientos ochenta y dos días y hacerse inminente el término del alumbramiento, se acordó Nir de su mujer y la llamó a su casa para hablar con ella.

Marchó, pues, Sopanima al lado de su marido, encontrándose encinta y en vísperas ya de parir.

Al verla, Nir sintió una gran vergüenza y le dijo: —¿Qué es lo que has hecho, mujer, para traerme este oprobio en presencia de todo este pueblo? »

Los Secretos de Enoc 23, 3 al 6

Ya no es lo que piensa o dice *Nir*, que para esa época (y también ahora) es lo normal, tampoco es que siendo estéril quedase embarazada, no es el único caso en las escrituras y al parecer es bastante normal o habitual esas concepciones; lo que me llama mucho la atención es que *Sopanima* se esconde de su marido *Nir* y a los doscientos ochenta y dos días, algo más de nueve meses, se acuerda y dice, vaya, ¿Dónde está mi esposa?.

Es algo indescriptible como me quede al leer estos párrafos; en tanto tiempo ni se acordó de su esposa; debería ser una persona muy ocupada, no creen amigos lectores¿?.

Aconsejo sigan la lectura de este capítulo, se cuentan algunas historias realmente muy interesantes y que encontraran, queridos amigas y amigos, de su agrado, sobre quienes fueron los sacerdotes anteriores a *Nir* y los que seguirán, ¡Ah¡ y naturalmente sobre el hijo de *Sopanima*.

«Y cuando llegue la generación duodécima y hayan transcurrido mil setenta años, nacerá un hombre justo en esta raza, a quien el Señor invitará a subir al monte en que quede parada el arca de Noé, tu hermano. Y allí hallará a otro Melquisedec, quien habrá vivido siete años consecutivos en este mismo lugar, escondido del pueblo idólatra, para que éste no le haga perecer. Le sacará de allí y éste será sacerdote y primer rey en la ciudad de Salim [Jerusalén], origen de los sacerdotes a imagen de este Melquisedec. Y transcurrirán tres mil cuatrocientos treinta y dos años, partiendo desde el

principio y la creación de Adán, hasta que llegue esta época. Y después de este Melquisedec se sucederán sacerdotes en número de doce hasta (que venga) el gran Higúmeno –esto es, guía– que hizo todas las cosas visibles e invisibles.»

Los Secretos de Enoc 23, 60

¿Qué quiere decirle con esto?, en este caso el que habla es el *archiestratega* del *Señor*, es decir, el arcángel *Miguel*, a *Nir*, el significado de este párrafo podría llevarnos a conjeturas nada ciertas, ¿habla de Jesús?, ¿habla del Rey David?, ¿de Salomón?. Desde el inicio de este libro he dicho que no creemos respuestas a nuestras dudas, todo lo contrario, siempre encontraremos más preguntas; es por lo que aconsejo rebuscar para encontrar, si se puede, esa respuesta, pero naturalmente nunca crearla, seguro que sería falsa.

Y hay dos nuevos personajes *Melquisedec* e *Higúmeno*, os aconsejo la lectura del capítulo.

Y aquí finalizamos el llamado *"LOS SECRETOS DE ENOC"*, aún queda una pequeñita parte que la utilizaremos en el próximo capítulo dedicado a *NOÉ*.

Hay un tercer libro, el llamado *"LIBRO HEBREO DE HENOC-SEFER HEKHALOT"*, no voy a desarrollar este de la misma manera que lo he realizado con los anteriores, pero vamos allá.

La coletilla *"Sefer Hekhalot"* podría tener una traducción similar a *"Libro de los Palacios"*.

Este Libro es un relato de *"Rabí Yismael"*, y si nos preguntamos quien es este personaje indicar que es un rabino del siglo I y II, su nombre completo es *"Rabbi*

Yishmael ben Elisha" en hebreo *"רבי ישמעאל בן אלישע"* aunque también, en ocasiones es llamado *"Ba'al HaBaraita"* en hebrero *"בעל הברייתא"*.

Existen pocos datos, ya que además se entremezclan del que podría haber sido su abuelo y coincidían en nombre; se dice que era una rabino que promovía la paz y la buena voluntad entre todos; incluso se dice que llego a saludar a un "no" judío, cosa extrañísima en un rabino en esa época y ahora también, pero con algunos muy ortodoxos; se dice que era muy paternal con los indigentes y en especial con las jóvenes pobres y sencillas a las que ayudaba con ropas para ser más atractivas y conseguir maridos; indicar que estamos hablando de los siglos I y II de nuestra era y las mujeres tenían que tener marido como algo esencial (vamos como ahora en algunas cabezas que aún no han evolucionado).

Pues bien, este tercer libro trata sobre las visiones que tubo este rabino cuando ascendió al cielo y en estas visiones le acompañó en todo momento un ángel, un ángel que le fue asignado por el *Santo*, así llama a *Yahvé*.

> *«Inmediatamente me asignó el Santo, bendito sea, a Metatrón su siervo, el ángel, el príncipe de la presencia, el cual extendió sus alas y con gran alegría salió a mi encuentro para librarme del poder de aquéllos.»*
>
> *Libro hebreo de Henoc 1, 3*

Bien y aquí empieza la historia porque más adelante leemos quien era realmente este nuevo ángel llamado *Metatrón*.

> *«Dijo Rabí Yismael: Pregunté a Metatrón:*
>
> *—¿Por qué eres llamado con el nombre de tu creador,*

(por qué) con setenta nombres? Y siendo tú el más grande de todos los príncipes, el más elevado de todos los ángeles, el más amado entre los siervos, el más honorable entre los ejércitos y el más excelso de todos los poderosos en cuanto a realeza, magnificencia y gloria, ¿por qué te llaman «joven» en los altos cielos?

Respondió diciéndome:

—Porque soy Henoc ben Yared.»

Libro hebreo de Henoc 4, 1 y 2

Vaya, ¡sorpresa!, con que *Metatrón* es el mismísimo *Henoc*, pero no solo eso, tiene setenta nombres más, los pondré al final del capítulo; pues casi nada.

Como ya he indicado este libro lo escribió este rabino y fue en una época muy posterior a Henoc, por lo que no habría que tenerlo como un Libro de este escrito, de este profeta, como queramos llamarlo.

Algunos datos que son muy posteriores al personaje que tratamos lo podemos encontrar en los siguientes textos.

«Dijo Rabí Yismael: Me dijo Metatrón, el ángel, el príncipe de la presencia: —El Santo, bendito sea, me reveló desde entonces todos los misterios de la Torá,…»

Libro hebreo de Henoc 11, 1

"…los misterios de la Torá,…", indicar que en la posible época real de *Henoc*, ni existía la *Torá*, ni existía el pueblo judío, ni el pueblo de Israel, etc., todo sería muchos siglos después.

El capítulo 15 B trata sobre la *Ascensión de Moisés*, otro dato que este libro no es atribuible a Henoc y que fue escrito pues ya por el rabino en el que se conocían estos

142

datos.

«Tres ángeles servidores lo rodean y entonan un cántico ante Jehová, Dios de Israel…»

Libro hebreo de Henoc 22 B, 1

Seguimos con lo mismo, en la época de Henoc no existía Israel.

«Contemplé los espíritus de los patriarcas: Abrahán, Isaac, Jacob y el resto de los justos a los que se había sacado de sus tumbas para subir al cielo…»

Libro hebreo de Henoc 44, 7

No quiero aburrir a los lectores, es otro dato indicando que la escritura de este Libro no tiene que ver con *Henoc*, aunque no puedo negar que las visiones del rabino, y naturalmente de su acompañante *Metatrón* no sean reales; es algo que no voy a poder comprobar jamás.

Y para finalizar con este último Libro y la historia de *Enoc* y pasar a un nuevo capítulo, os reseño donde se encuentran escritos lo setenta nombres que tiene el amigo Henoc/*Metatrón*.

«Setenta nombres tiene Metatrón los cuales tomó el Santo bendito sea, de su propio nombre y se los puso a él. Tales nombres son:

Yahoel Yah, Yahoel, Yofiel, Yoffiel, Affiel, Margeziel, Gippuyel, Paaziel, Aah, Periel, Tatriel, Tabkiel, W Jehová, Dh, Whyh, Ebed, Dibburiel, Afapiel, Sppiel, Paspasiel, Senegron, Metatrón, Sogdin, Adrigon, Asum, Saqpam, Saqtam, Migon, Mitton, Mottron, Rosfim, Qinot, Hatatya, Degazyah, Pspyah, Bsknyh, Mzrg…, Barad…, Mkrkk, Msprd, Hsg, Hsb, Mtrttt,

Bsyrym, Mitmon, Titmon, Pisqon, Safsafyah, Zrh, Zrhyah, B, Beyah, Hbhyah, Pelet, Pltyah, Rabrabyah, Hs, Hasyah, Taftafyah, Tamtamyah, Schasyah, Iruryah, Alalyah, Bazridyah, Satsatkyah, Sasdyah, Razrazyah, Bazrazyah, Arimyah, Sbhyah, Sbibkhyah, Simkam, Yahseyah, Ssbibyah, Sabkasbeyah, Qalilqalyah, Kihhh, Hhyh, Wh, Whyh, Zakikyah, Tutrisyah, Suryah, Zeh, Penirhyah, Zzih, Gal Razayya, Mamlikyah, Tityah, Emeq, Qamyah, Mekapperyah, Perisyah, Sefam, Gbir, Gibboryah, Gor, Goryah, Ziw, Okbar, Jehová menor —según el nombre de su Señor, "porque mi nombre está en él" (Éxodo 23,21)— Rabibiel, Tumiel, Sagnesakiel, el príncipe de la sabiduría.»

Libro hebreo de Henoc 48 D, 1

NOÉ

Otro nuevo capítulo de las biografías y las historias de unos personajes que digamos marcaron la existencia de la humanidad.

Vamos a comentar la historia del conocidísimo *NOÉ*. Anteriormente habíamos hablado de *Enoc*, que fue su bisabuelo.

Enoc ⟶ Matusalén ⟶ Lamec ⟶ Noé

Como observamos, el también conocido *Matusalén*, que según cuenta la historia ha sido el que más edad a vivido sobre la tierra, fue su abuelo, y *Lamec* su padre. Y lo que reseño a continuación lo habíamos leído hace muy poco en el anterior capítulo.

«Cuando llegó, pues, el tiempo del tránsito en la vida de Matusalén, se le apareció el Señor en una visión nocturna, diciéndole:

—Escucha, Matusalén. Yo soy el Señor, Dios de tu padre Henoc.

Quiero que sepas que han tocado a su fin los días de tu vida y que se ha acercado la hora de tu descanso.

Llama a Nir, hijo de tu hijo Lamec –el segundo por orden de nacimiento después de Noé–, revístele de tus vestiduras sacerdotales, ponle al pie de mi altar y anúnciale todo lo que va a acaecer en los días (de su vida), ya que se acerca el tiempo de la destrucción de la tierra entera, así como de todo hombre y de todo animal que vive sobre la tierra. .»

Los Secretos de Enoc 22, 4 al 9

Cuando se acercaba la muerte de *Matusalén*, el *Señor* le pide a este que le traspase sus funciones como sacerdote no a su primogénito *Lamec*, ni tampoco al primogénito de este, le pide que se lo pase al segundo hijo de este último, a *Nir*, y cuál sería el motivo, pues es lógico si señalamos que el primogénito de *Lamec* era *Noé*, seguro que lo acertamos, el *Señor* ya tenía preparado (como siempre) la función de este último para la historia y por ello la función de sacerdote se la entregó a su hermano segundo.

Pues hecha esta pequeña introducción creo que sería ya de interés iniciarnos con lo que ocurrió. Para ello utilizaremos los mismos libros en los que hemos estado buceando para escribir los anteriores capítulos; y para ello iniciaremos estas historias observando lo que nos dicen, en primer lugar, los libros canónigos u oficiales. ¿os parece?.

Aunque ya conocemos lo que le ocurrió a nuestro personaje pasaremos a relatar esa historia y nos detendremos a observar algunos detalles; empezamos con el libro del *Génesis*.

«Cuando los hombres comenzaron a multiplicarse sobre la tierra y les nacieron hijas, viendo los hijos de Dios que las hijas de los hombres eran hermosas, tomaron para sí cuantas de entre ellas más les gustaron.»

Génesis 6, 1 y 2

Ángeles u hombres nos volvemos tontos por las mujeres

y esto les pasó a estos *ángeles* que parece ser que eran tan bellas estas mujeres que perdieron la cabeza por ellas y naturalmente lo pagaron son un severísimo castigo.

«Dijo entonces Yavé: "No permanecerá por siempre mi espíritu en el hombre, porque es carne. Sus días serán, pues, ciento veinte años."

En aquel entonces había gigantes en la tierra y también después que los hijos de Dios se unieron a las hijas de los hombres, y ellas les engendraran hijos. Son éstos los héroes famosos ya desde antiguo.»

Génesis 6, 3 y 4

Y normal que *Dios* se enfadara o incluso quedara defraudado por su creación, tanto por los *ángeles* como por los hombres, y por ello iba a enviar su castigo.

Ahora bien, parémonos un momento en unos detalles, *"...Sus días serán pues, de ciento veinte años.";* ¿Está indicando aquí que desde ese momento esta será nuestra máxima edad?. Si nos fijamos la edad de todos los personajes que hemos visto ha sido extremadamente larga, y es a partir del *diluvio* es cuando se observa que esas edades, de los siguientes personajes, ya son edades relativamente más normales, ¿Puede que sea este el motivo de la edad que actualmente tenemos?, ¿Puede que sea la edad que más alta tendremos?

Podemos pensar muchas cosas, pero como os digo en muchas ocasiones, hay que tomarlo con tranquilidad y relajación; sí que es verdad que las edades se modifican a menos años después del *diluvio*, cosa curiosa, pero cuando lo que esta, diciendo *Dios* en este párrafo, no es después del *diluvio*, es mucho antes, cuando se cruzaron los *ángeles* con las hijas de los hombres. Veis como hay que leer y administrarse con cuidado, podemos mezclar cosas sin querer, pero así y todo ¿Qué es lo que quiere decir con esa edad de ciento veinte años?.

También leemos algo que podemos entender de diversas maneras.

"En aquel entonces había gigantes en la tierra", siempre se ha hablado que los *gigantes* eran los seres que aparecen tras la unión de *ángeles* y mujeres humanas, ¿No es así?; pues parece ser que no, que no es así eran otro seres.

Sigamos que hay más sobre esto; sigamos leyendo, *"...se unieron a las hijas de los hombres, y ellas les engendraran hijos. Son éstos los héroes famosos ya desde antiguo."*, a ver si me aclaro, entonces al final esta nueva raza o este nuevo cruce no son los famosos *gigantes*, son los que se denominarían *héroes*. No creo haber leído este adjetivo en otro libro sagrado, tan solo recuerdo con el nombre de *héroes* en la mitología griega, que curiosamente la gran mayoría son los cruces entre los *dioses*, tanto de género masculino como femenino, con las mujeres o con hombres humanos. ¿Serán estos? Es mucha coincidencia.

Vamos a seguir ya con *Noé* que es quien ahora más nos interesa.

«... que dijo: "Exterminaré de sobre el haz de la tierra al hombre que he formado; hombres y animales, reptiles y aves del cielo, todo lo exterminaré, pues me pesa de haberlos hecho." Mas Noé encontró gracia a los ojos de Yavé.

Esta es la historia de Noé:

Noé era justo, íntegro y temeroso de Dios entre sus

contemporáneos. Engendró tres hijos: Sem, Cam y Jafet…»

Génesis 6, 7 al 10

Bueno, pues Noé le ha caído bien, va a tener suerte porque como se indica *"encontró gracia a los ojos de Dios"*.

«Hazte un arca de maderas resinosas, divídela en compartimientos y calafatéala con pez por dentro y por fuera. Estas serán sus dimensiones: trescientos codos de largura, cincuenta de anchura y treinta de altura. Harás arriba un tragaluz y a un lado harás la puerta, y en el arca harás tres pisos.»

Génesis 6, 14 al 16

Esto es lo que le indica *Dios* a *Noé* para que construya el arca, en este caso no hay cosas extrañas escondidas entre líneas, está bien claro. Referente a la medida de lo que equivale un *"codo"* que es la medida de longitud que utiliza, pues hay muchos valores, porque según el lugar equivaldría en metros a distintas medidas, por ejemplo, el *codo* en Mesopotamia media 0,533 m., en Sumeria serían 0,518 m. y en Babilonia era de 0,496 m.; cómo podemos ver hay alguna variación, y eso que os he expuesto los *codos* en la zona, que creo, que es la más cercana en donde transcurre nuestra historia. Si cogiéramos que fuera la medida de Babilonia, esta embarcación sería de 148,8 m. de longitud, 24,8 m. de anchura y 14,88 m. de altura. Pongo estas medidas por curiosidad tan solo, porque desconocemos con exactitud a cuanto equivale en metros la unidad denomina como *codos* de esa época.

«Contigo, en cambio, estableceré mi Alianza. Entrarás

149

tú en el arca y contigo tus tres hijos y tu mujer y las mujeres de tus hijos. De todos los seres vivientes meterás contigo en el arca dos individuos de cada especie, macho y hembra, para que se salven contigo. De las aves del cielo según su especie, de todos los animales según su especie, de todos los reptiles de la tierra según su especie, dos entrarán contigo para que se salve. Y por tu parte procúrate todo aquello que pueda serviros de alimento tanto a ti como a ellos.»

Génesis 6, 18 al 21

Leyendo esto no se observa nada extraño, pero bueno lo guardaremos para más adelante, recordad que esto es el capítulo 6 del *Génesis*, en ocasiones parece que nos acostumbramos a la costumbre y no vemos cosas que deberían llamarnos la atención, pero sigamos.

«Después, dijo Yavé a Noé: "Entra en el arca tú con toda tu familia, porque sólo tú has sido hallado justo en medio de esta generación. De todos los animales puros tomarás siete pares de cada especie, machos y hembras, y de los impuros tomarás un par, macho y hembra; también de las aves del cielo siete pares de cada especie sobre la tierra"...»

Génesis 7, 2 y 3

¿Y nunca ponerse de acuerdo?, tan solo han pasado unas pocas líneas y ¿os habéis dado cuenta?, ya no son tan solo una pareja, ahora si son puros los animales, son siete parejas y los impuros tan solo subirán un macho y una hembra de cada especie; y esto es para los animales y para las aves, en este momento no habla de los reptiles; curioso; y otra cosa, sobre la diferencia entre los animales y aves puros e impuros; que no sirva de precedente, voy

150

a pasarme a otro libro que se le atribuye su autoría a *Moisés*, el *Levítico* que forma parte del *Pentateuco*, los cinco libros que se dice fueron escritos por este.

«"Yavé habló a Moisés y Aarón diciendo: "Hablad a los hijos de Israel y decidles: He aquí los animales que podéis comer entre todos aquellos que hay sobre la tierra. Todo animal de pie partido, pezuña hendida y que rumie, lo podréis come, pero no comeréis lo que sólo rumian o sólo tiene hendida la pezuña. Tendréis como impuros, por consiguiente, el camello, que rumia, pero no tiene partida la pezuña; el conejo, que rumia, pero no tiene partida la pezuña; la liebre, que rumia, pero no tiene partida la pezuña,, el cerdo que tiene partida la pezuña, pero no rumia. No comeréis sus carnes ni cotaréis sus cuerpos muertos; los tendréis como impuros."»

Levítico 11, 1 al 6

Pues ahí esta lo considerado, en época de *Moisés*, como puros e impuros, hay que señalar que igual era una tradición anterior, pero bien claro nos indica al inicio *"Yavé habló con Moisés y Aarón"*. En cuanto a las aves, no vamos a transcribirlo, indica el nombre de cada ave no detalla por rasgos físicos como en los animales, esto se describe en *Levítico 11, 13 al 19*. Ahora bien, sí que os mostrare un texto sobre los puros e impuros de otros tipos de seres que no hemos hablado y la verdad me ha resultado algo curioso porque todos estamos pecando, ¡sí!, todos somos pecadores.

«Entre los animales que viven en el agua podréis comer todos aquellos que tiene aletas o escamas, sean de mar o de rio. Pero todos cuantos animales hay en las aguas y

viven en ella, tanto en los mares como en los ríos, serán inmundos para vosotros si no tienen aletas o escamas.»

Levítico 11, 9 y 10

Veis como pecáis, ¿Cómo qué no?, os coméis la sepia, los calamares, los chipirones, los mejillones, las gambas, y un gran etcétera de animales marinos sin aletas y sin escamas.

Bromas aparte, si queréis conocer más seres puros e impuros en este capítulo del *Levítico* podéis encontrarlos porque además de lo que os he expuesto podéis encontrar a los insectos y a los reptiles, y otras cosas más.

Sigamos con lo nuestro que ahora ya empieza a llover y hay que resguardarse.

«Era el año seiscientos de la vida de Noé, el día diecisiete del mes segundo cuando irrumpieron todas las fuentes del abismo y se abrieron las cataratas del cielo. Y la lluvia cayó sobre la tierra por espacio de cuarenta días y cuarenta noches.»

Génesis 7, 11 y 12

Pues ya empieza la tormenta, y que os parece la edad de *Noé*, seiscientos años, casi nada. Hubiese sido también interesante conocer cuánto tiempo tardó en construir el arca.

«La inundación de las aguas sobre la tierra duró ciento cincuenta días.»

Génesis 7, 24

Pues ya sabemos que lloviendo estuvo durante cuarenta días y sus cuarenta noches y que la inundación duró cinto cincuenta días; tiempo más que suficiente para eliminar todo signo de vida sobe la tierra; que manera más brusca y al mismo tiempo triste de ejercer el poder de un padre sobre sus hijos.

«El día diecisiete del séptimo mes quedó anclada el arca sobre los montes Ararat.»

Génesis 8, 4

Aquí tan solo me llama una cosa la atención y es qué en cualquier acto de investigación, leyendo libros, consultando en la red, viendo la televisión, siempre, y digo siempre, se dice que, según las escrituras, el arca se detuvo en el monte *Ararat*; ahora bien, por más que he consultado en diversas versiones del libro del *Génesis*, en todos ellos no aparece eso, siempre leemos *"…sobre los montes Ararat.".* No sé si existen varios picos bajo ese nombre o bien es uno solo, pero me resulta curioso que se hable siempre de un solo monte y en cambio en los libros sagrados hable de *"los montes"*, en plural.

«Noé levantó un altar a Yavé y tomando de todos los animales puros y de todas las aves puras ofreció holocaustos sobre Él. Yavé aspiró el agradable olor, diciéndose en su corazón: "No maldeciré más la tierra por causa del hombre, porque los impulso del corazón del hombre tienden al mal desde su adolescencia; jamás volveré a castigar a los seres vivientes como acabo de hacerlo. Mientras dure la tierra, sementera y cosecha, frio y calor, verano e invierno, día y noche no se interrumpirán más".»

Génesis 8, 20 al 22

Esto puede tener varios puntos de interpretación, me explico, Yavé dice que no volverá a castigar a la tierra ni a su seres vivientes prácticamente jamás, pero sutilmente creo que no habla de los hombres, al contrario, indica que qué no volverá a realizar esto por los actos de los humanos. ¿Tal vez indica que a los hombres sí que los castigara en caso de necesidad pero que dejara el resto de la creación tranquila?, si es así ¿Deberíamos estar preocupados?. Otra cosa, a través de la historia he observado la obsesión por crear altares y realizar sacrificios y que a Yavé le encanta esto; ¿Cómo puede eso agradarle a alguien? Matar animales por el simple placer del *"agradable olor"*; algo a mí me falla y no encuentro el sentido, creo que es sumamente desagradable y poco racional.

«Después del diluvio vivió todavía Noé trescientos cincuenta años. Todo el tiempo de la vida de Noé fue de novecientos cincuenta años y murió.»

Génesis 9, 28

Anteriormente a esto, que es el fin de *Noé* hay más historia, pero no he considerado interesante de exponerlo en este momento; pero siempre manifestaré que es interesante la lectura de todo, puede darnos muchas ideas y enseñanzas. Bien tan solo señalar que *Noé* murió a los novecientos cincuenta años y que a partir de este momento ya todos los descendientes, y de todos los que participan en las posteriores historias de la humanidad, ya nunca tendrán estas edades tan longevas, ¿Por qué?, ¿Tal vez por lo que leímos anteriormente de no más de ciento veinte años?.

El capítulo 10 del *Génesis* es de los más interesante, no lo voy a escribir por su longitud, pero si es curioso su lectura porque su título es *"Los pobladores de la tierra después de Noé"* trata sobre las descendencias de los hijos de Noé y de las descendencias de los hijos de estos y de la distribución de estos sobre los diversos territorios, repito interesante capítulo que indica también alguna faceta de alguno de ellos. Esta descendencia os la incluiremos al final de este capítulo.

Y con estos finalizamos el libro del *Génesis*, el principio de todo, y pasamos seguidamente a lo que podemos encontrar en otro libro considerado como sagrado, el *Corán*, que también nos depara algunas sorpresas.

Antes de leer lo que nos va a sorprender en este libro me gustaría indicaros algo que debería haberlo hecho con anterioridad. El libro del *Génesis*, y los distintos libros tanto *sagrados* como *apócrifos*, se dividen en *capítulos* y estos a su vez en *versículos*; es algo que conocemos desde hace mucho tiempo, ¿No es así?; pues bien, en el *Corán* también existe esta división, tan solo que los *capítulos* son llamados *Suras* o *Azoras* y lo que conocemos como *versículos* son *Aleyas*.

El *Corán* se divide en ciento catorce *Suras* o *Azoras*, y todas ellas tiene un título, algo similar a algunos capítulos de los que hemos tratado en el libro del *Génesis*. Y en referencia a las *Aleyas* hay un total de seis mil doscientas treinta y seis.

No quiero extenderme mucho más, supongo que todos sabréis que el *Corán* fue escrito por el profeta *Mahoma* y son las revelaciones de *Alá* a través del arcángel *Gabriel*. Este libro, que anteriormente os he indicado que tiene cientos catorce *Suras*, pues bien, ochenta y seis de estas fueron escritas por el *Profeta* encontrándose este en la *Meca* y las restantes veinte y ocho estando ya en la ciudad de *Medina*. Y aquí voy a dejar este pequeño relato de la historia del *Corán*, tan solo indicar que si estáis interesados por conocer más sobre este tema busquéis sobre la vida del *Profeta* y la historia del *Islam* que de seguro será de agrado para muchos.

Y ahora, a lo que podemos encontrarnos en este libro *sagrado*.

En todo el *Libro* existen referencias a *Noé*, pero casi todas ellas hablan de cuando este profeta se acercaba a los habitantes, a sus amigos, a sus familiares, a sus conocidos, y les suplicaba que dejaran de seguir con la vida que habían elegido, que siguieran a *Yavé*, que con él lo tendrían todo y estarían seguros; pero claro, cada vez que los buscaba, les hablaba en grupo o de manera personal, siempre recibía el mismo trato, la misma respuesta, no creían nada de lo que contaba.

Recordemos algo que empezamos a leer al final de la página 92 de este libro, ahí iniciamos la lectura en la que nos indica que el pueblo de *Set* se unió con el de *Caín* por lo que podemos entender que la moralidad de unos y otros pues se diluyo en algo que no sería muy bueno, tan malo sería que molestó al *Creador* y quiso borrar de la faz de la tierra su creación.

Siguiendo con lo anterior en el *Corán* se repite en muchas ocasiones el enfrentamiento de *Noé* con la comunidad y que en ningún momento le creyeron y fue tomado por mentirosos.

> *«Yo envié a Noé hacia su pueblo y él les dijo: "¡Oh pueblo mío, servid a Dios!. No tenéis otro Dios sino Él. En verdad temo por vosotros (por ser idólatras) y el castigo del gran día."*

Los jefes de su pueblo le dijeron. "En verdad, te vemos en un error evidente."

Noé dijo: "¡Oh pueblo mío!. En mí no hay error. Yo soy un apóstol del Señor de los mundos.

Yo os traigo los mensajes de mi Señor y os doy buenos consejos. Yo sé de Dios lo que vosotros no sabéis.

¿Qué os sorprende que una advertencia os llegue de vuestro Señor por medio de un hombre de entre vosotros, con objeto de exhortaros y para haceros temer a Dios?. Sin embargo, ¡tal vez experimentéis (os alcance) Su Misericordia!".

Pero lo trataron de embustero. Pero Yo le salvé a él y a los que estaban con él en un navío (el arca de la tradición bíblica), y Yo ahogué a los que trataron de mentiras mis señales. En Verdad, era un pueblo ciego.»

Sura del A'Araf VII, 57 al 62

Esto era lo tónica que se relata en los diversos textos en el *Corán* cuando se habla de *Noé* es tratado de embustero. Quiero reseñar a los lectores dos cosas de lo que hemos leído, la primera es que esta casi todo escrito en pasado; recordemos que esto es lo que recibe el profeta *Mahoma* muchos siglos después de que ocurriera históricamente y por eso está en pasado; y la segunda, para que lo retengan en la memoria y para más adelante, el siguiente texto *"En verdad temo por vosotros (por ser idólatras)…"*, ya hablaremos de esto un poco después.

«He hizo el arca. Y cada vez que los jefes de su pueblo pasaban junto a él, de él se burlaban. Pero Noé decía: "Si os burláis de nosotros, en verdad nosotros nos burlaremos de vosotros como vosotros o burláis de

nosotros, como no dejaréis de daros cuenta.

Aquel sobre el que caiga un castigo, por él será deshonrado, y duradero será para él el castigo (de otro mundo)."»

Sura de Hud XI, 40 y 41

Pero no acaba aquí y hay diferencias sustanciales con el *Génesis* como vamos a ver.

«Hasta que llegó Nuestra orden y el gran depósito de agua empezó a agitarse. Entonces Nos dijimos a Noé: "Carga el arca con toda clase de pares de animales y haz que suba también tu familia —excepto aquel sobre el cual (por descreído) pesa ya la sentencia divina—, y, asimismo, aquellos que no han creído." Pero hubo muy pocos que creyeron con él (Noé).»

Sura de Hud XI, 42

Leemos y contrastamos unas diferencias especiales con el *Génesis*; ahora bien, lo que más me llama la atención, aparte de que en cuanto a los animales no hace diferencia de los puros e impuros, si no como en el anterior libro, y en su primera ocasión indica que suba una pareja de cada especie, luego vendría lo de siete si son puros; dice que suba su familia y aquellos *"que creyeron con él"*, vaya, según el *Corán* se salvaron más de los que pensábamos, al menos es lo que interpreto en esta lectura; pero hay algo más, cuando indica que suba la familia también leemos *"—excepto aquel sobre el cual (por descreído) pesa ya la sentencia divina—"*, alguien se queda fuera de los elegidos, en un momento veremos quien, pero he estado leyendo y no he encontrado el motivo, sí que indica *"por descreído"* pero nada más he podido encontrar ni leer, con anterioridad, cuando ocurre esto; sorprendente.

Y antes de finalizar, qué decir de *"y el gran depósito de agua empezó a agitarse"*, es bastante descriptivo, ¿Pero de qué?,

«Y el arca flotó, llevándolos en medio de olas como montañas. Y Noé gritó a su hijo que había quedado aparte (en tierra): "¡Oh hijo mío!. ¡Sube y no te quedes con los descreídos!.

Pero él respondió "Me voy a ir a una montaña que me salvara de las aguas." Noé le dijo: " Nadie escapará hoy a las determinaciones de Dios, excepto aquel de quien Él tenga piedad." Y las olas llegaron hasta ellos dos y los separaron, y el hijo fue del número de los ahogados.»

Sura de Hud XI, 44 y 45

¡Un hijo de *Noé!*, un hijo que no creyó en su padre, y que, naturalmente, murió ahogado; esta parte de la historia es realmente cruel, me asalta la duda de porque en el *Génesis* ni en otro libro *apócrifo* como se verá, no hay referencia alguna, creo que ésta es lo bastante importante como para que fuera señalada; hay tantas cosas inexplicables en estas historias del pasado que, normalmente, aceptamos cualquier cosa.

«Y fue dicho:"¡Oh Tierra, traga tus aguas!, ¡Oh cielos, deteneos!." Y las aguas descendieron y la orden decretada (fue cumplida). Y el arca se detuvo sobre el monte Djudi. Y fue dicho (por Dios): " ¡Lejos de aquí el pueblo los que practican el mal!."»

Sura de Hud XI, 46

En *Djudi* se detuvo el arca; pero no es donde se encuentra el monte *Ararat;* aunque están en una zona geográfica relativamente cercana, no, son el mismo lugar, y además recordar que no leemos el monte *Ararat* si no *"los montes Ararat"* y desconocemos que lugar exacto podría ser, ¿recuerdan los lectores este detalle?.

Como podemos también leer, a diferencia de la tradición judeo-cristiana, *Noé* no envía a ninguna ave, cuervo, paloma…, a reconocer si ya había tierra seca, es el mismo *Dios* quien hace descender el agua, y el arca se detuvo en el monte *Djudi*; así y todo, en su cabeza aún está el recuerdo de su hijo que no sobrevivió al diluvio, un hijo que no sabemos que hizo para que el *Señor* lo rechazara de la salvación.

> *«Y Noé, llamando al Señor, dijo: "¡Mi Señor!. En verdad, mi hijo es de mi familia, como en verdad también, Tú promesa es verdadera y Tú el más Justo de los jueces."*
>
> *Dios dijo: "¡Oh Noé!. En verdad, no es de tu familia. En verdad (lo que has intentado, que se salvase) ha sido un acto fuera de los justo. No me interrogues, pues, sobre lo que en absoluto ignoras (un descreído no puede ser hijo tuyo). En verdad (con esto) te doy advertencia para que no seas del número de los ignorantes."»*
>
> *Sura de Hud XI, 47 y 48*

A *Noé* no se le ha olvidado su hijo, el hijo que quiso salvar de la muerte segura, de una muerte abominable y que cualquier padre lo recordaría durante el resto de su vida; un recuerdo que naturalmente nuestro personaje no olvida, e incluso le compara a su hijo con la promesa del *Señor*, la de la salvación de toda la familia, le pide, como haría cualquier padre, que le devolviera su hijo. Pero no es que el *Señor* le negara esta dadiva es que, además, y es una manera de entender lo que estoy leyendo, le da una solemne reprimenda por querer comparar un hijo que no creyó en su padre con las promesas del Señor. Muy duro, el corazón de Noé seguro que se resentiría como nos pasaría en nuestros propios corazones con hechos similares.

Vamos a finalizar con el Corán y poder proseguir con otros libros, indicar que el *Sura LXXI* lleva por título *"Sura de Noé"*; prácticamente todo lo que hemos leído hasta ahora se encuentra en este *Sura*, aunque hay un par de cosillas que me ha tentado a mostraros.

«¿No veis cómo Dios ha creado los siete cielos en forma de capas puestas sucesivamente unas sobre otras??»

Sura de Noé LXXI, 14

Otra vez, ya lo hemos visto en muchos otros libros y si tratáis de investigar aún más incluso en otras culturas, sí, siempre se habla de los "siete cielos" (a excepción de *Enoc* que son diez), ¿Qué quiere decir siempre los mismo?, ¿Qué tienen en común tantas y tantas culturas en el planeta para tener en común los "siete cielos"?, no tengo ni idea como responder a las preguntas anteriores, pero es algo que ahí esta y nadie puede negar que es muy extraño.

«Ya han dicho: "No abandonéis a vuestros dioses, y ¡no abandonéis ni a Vadd ni a Suvá.

Ni a Iaghuth, ni a Ia'uk, ni a Nasr.!»

Sura de Noé LXXI, 22 y 23

Cuando *Noé* predicaba para que siguieran y escucharan al *Señor*, esto es lo que lo que recibía, insultos y solicitudes entre ellos para seguir adorando a otros dioses. Esto es lo que hace pocas páginas os pedía que recordarais, idolatraban a unos "falsos" dioses; ¿Y de donde salieron estos falsos dioses?; volvemos a recordar que tanto los descendientes de *Caín* como de *Set*, al final se unieron, se entremezclaron, podrían estos, ser los dioses que posiblemente adoraban los descendientes de *Caín*, o tal vez no, *Caín* al fin y al cabo pienso que tenía bien claro quién era el *Creador*, aunque el amigo *Satanás* lo visitó en un tiempo; pues no se la verdad.

Vamos a seguir leyendo otros libros que también tratan de nuestro amigo *Noé*. Empezaremos por su nacimiento, que va a dar mucho que hablar.

> *«Pasado un tiempo tomé yo, Henoc, una mujer para Matusalén mi hijo y ella le parió un hijo a quien puso por nombre Lamec diciendo: "Ciertamente ha sido humillada la justicia hasta este día". Cuando llegó a la madurez tomó Matusalén para él una mujer y ella quedó embarazada de él y le dio a luz un hijo.*
>
> *Cuando el niño nació su carne era más blanca que la nieve más roja que la rosa, su pelo era blanco como la lana pura, espeso y brillante. Cuando abrió los ojos iluminó toda la casa como el sol y toda la casa estuvo resplandeciente.*
>
> *Entonces el niño se levantó de las manos de la partera, abrió la boca y le habló al Señor de justicia.*
>
> *El temor se apoderó de su padre Lamec y huyó y fue hasta donde su padre Matusalén.»*

El Libro de Enoc 106, 1 al 4

Antes de empezar sobre la descripción, como era Noé al nacer, veamos lo de las primeras líneas que me parece, extraño, alucinante, algo que me dejó atónito, leemos lo siguiente *"Pasado un tiempo tomé yo, Henoc, una mujer para Matusalén…"*, bien claro lo pone *Enoc*, tomó una mujer para *Matusalén*; ¿Qué *Enoc* "conoció" (recordáis el significado) la que sería la esposa de *Matusalén*?, vaya momentazo, seguro que nadie de vosotros lo esperabais, y sigue, le dio un hijo al que llamaron *Lamec*, eso ya lo sabíamos que el hijo de *Matusalén* era *Lamec*, ¿O debería de ser el hermanastro?, vaya pues, pero no acaba todo aquí; *"Cuando llegó a la madurez tomó Matusalén para él una mujer y ella quedó embarazada de él y le dio a luz un hijo."*, tenemos otra, ahora es Matusalén el que toma a una mujer y bien claro indica que quedó embarazada de él, y si leemos más adelante nos encontramos quien es este "hijo de *Matusalén*". Lo que a continuación muestro son palabras de Enoc.

> *«Ahora di a Lamec: "él es tu hijo en verdad y sin mentiras, es tuyo este niño que ha nacido"; que le llamé Noé porque será vuestro descanso cuando descanséis en él y será vuestra salvación, porque serán salvados él y sus hijos de la corrupción de la tierra,…»*

El Libro de Enoc 106, 18

Clarito lo pone, es el hijo, o hermanastro, de *Lamec* y su nombre es *Noé*, y ya su bisabuelo (*Enoc*), indica que será alguien especial porque será salvado él y sus hijos de la corrupción.

Antes de regresar al nacimiento de *Noé* y sobre la paternidad de unos y otros, ¿Qué en aquella época era el padre del hijo el que… "conocía" a su nuera? es que no sé cómo decirlo sin ofender. La verdad es que no me creía lo que estaba leyendo; hay cosas que me desbancan y no tengo una opinión clara.

Sigamos con lo del nacimiento; según indica el texto, este niño no era muy normal ni físicamente, porque bien claro dice el autor que su carne era más blanca que la nieve y más roja que la rosa, habla del pelo, blanco como la lana pura, espeso y brillante, y bueno lo que señala a continuación de lo que pasa cuando abre los ojos, eso es lo más normal del mundo en un recién nacido, claro que ilumina la casa como el sol, y si no que se lo pregunten a los padres de cualquier recién nacido; pero lo que sorprende también es lo de después que nada más nacer y tras entregárselo a su madre, este se levantó, y le hablo al *Señor*, esto me recuerda a lo que leímos en la página 50 de este libro sobre el nacimiento de *Caín*.

«Habrá por eso gran cólera y diluvio sobre la tierra y se hará gran destrucción durante un año".

Pero ese niño que os ha nacido y sus tres hijos, serán salvados cuando mueran los que hay sobre la tierra".»

Libro de Enoc 106, 15 y 16

Es *Enoc* el que habla y ya está diciendo lo que ocurrirá en un futuro ya no tan lejano, la salvación de este y de sus tres hijos; es curioso del hijo que moría ahogado que leíamos en el *Corán* no hemos vuelto a saber nada, en estos otros libros no hay mención alguna. Y como hemos visto en diversas ocasiones, parece que el destino ya está escrito mucho antes de nacer; vaya que triste seria esto.

Pero sigamos que no hemos acabado y ahora vamos a leer lo que nos dice otro apócrifo del nacimiento de *Noé*, nos cuentan otras cosas, igual encontramos otras curiosidades, si nos fijamos en las lecturas de los libros podemos encontrarnos con cosas diferentes.

«En el Jubileo decimoquinto, en el tercer septenario,

tomó por esposa Lamec, a una mujer llamada Betenos, hija de Baraquiel, su prima. Esta le parió un hijo en este septenario, al que llamó Noé, pues se dijo: «Este me consolará de todo mi pesar y todo mi trabajo, así como de la tierra que maldijo el Señor.»

Libro de los Jubileos 4, 28

Ya sabíamos quién era el padre, ahora quien era la madre, la abuela, y también cuando nació *Noé*, y si alguien tiene tiempo y sobre todo capacidad, podría indicarnos, aproximadamente, cuando podría ser esa fecha.

«Y en el jubileo vigésimo quinto, tomó Noé por esposa a una mujer de nombre Emzara, hija de Baraquiel, su prima, en el año primero del quinto septenario. En el año tercero le parió a Sem, en el quinto a Cam y en el año primero del sexto septenario le parió a Jafet.»

Libro de los Jubileos 4, 33

Otra cosa más y es su fecha de boda, ahora también sabemos los hijos que tuvo (mirad quien marca como segundo hijo) y con quien se casó, y vaya hombre, el nombre de la suegra… ¿no os recuerda a alguien?; pues sí, la prima y a la vez suegra de *Noé* tiene el mismo nombre que la prima y suegra de *Lamec*, su padre, ¿es la misma persona o tal vez una hija de la primera?. Curiosidades que aparecen, estas y tantas más y que nunca obtendremos respuesta.

«Dijo el Señor que destruiría cuanto había sobre el suelo, desde el hombre hasta los animales y bestias, aves del cielo y reptiles, y mandó a Noé que se hiciera un arca para salvarlo de las aguas del diluvio. Noé la

construyó según le ordenó, en el jubileo vigésimo séptimo, en el quinto septenario, en el quinto año. Y entró en ella en el año sexto, en el segundo mes, a primeros de este mes: hasta el dieciséis estuvieron entrando él y cuanto le hicimos meter en el arca, y el Señor la cerró por fuera el diecisiete por la tarde. Abrió el Señor las siete cataratas del cielo y las bocas de las fuentes del gran abismo en número de siete bocas.»

Libro de los Jubileos 5, 20 al 24

Enfadado, lo que se dice enfadado, parece que lo estaba el *Señor*; o tal vez ¿desilusionado?. Eliminar toda tu creación, incluidos los animales, aves y reptiles; ¿Qué mal habían hecho estos?.

En este párrafo no encontramos medidas del arca, pero si fechas, claro es el *Libro de los Jubileos*, por lo tanto, debe de estar muy bien datado todo, pero leemos quien cerró el arca "*...y el Señor la cerró por fuera el diecisiete por la tarde*", otra curiosidad el cerró por fuera este arca y hay más, "*Abrió el Señor las siete cataratas del cielo y las bocas de las fuentes del gran abismo en número de siete bocas.*", otra vez el número siete, hay tantas cosas que se rigen por el número siete, que tendrá este número de especial.

«El agua permaneció sobre la faz de la tierra cinco meses, que son ciento cincuenta días, y el arca fue a parar sobre la cima del Lubar, uno de los montes Ararat. En el cuarto mes se cerraron las fuentes del gran abismo, y las cataratas del cielo quedaron retenidas; a comienzos del séptimo mes, se abrieron todas las bocas de las simas de la tierra, y el agua comenzó a descender al abismo inferior. A primeros del décimo mes aparecieron las cimas de los montes, y a

primeros del primer mes apareció la tierra. Las aguas se secaron sobre la tierra en el quinto septenario, en su año séptimo; el diecisiete del segundo mes se secó la tierra, y en el veintisiete, abrió el arca y sacó de su interior a las bestias, animales, pájaros y reptiles.»

Libro de los Jubileos 5, 27 al 32

Pues bien, en este texto nos indica otra cima de un monte, *Lubar*, y nos indica que está en los montes de *Ararat*, tal como lo describe en el *Génesis*, pero recordemos que nunca dice que fuera en el monte *Ararat*; y el *Corán* nos describe otro pico, ¿Cuál de todos es?; pues el día que se descubra algo material o físico, que pudiera ser este arca, si es que aún existe, podríamos confirmar exactamente donde se detuvo; mientras tanto pues cada uno que imagine.

«A primeros del tercer mes, salió del arca y construyó un altar en aquel monte. Mostrándose sobre la tierra, tomó un cabrito y expió con su sangre todo el pecado de la tierra, pues había perecido cuanto en ella hubo, salvo lo que estaba en el arca con Noé. Ofreció la grasa sobre el altar y, tomando un buey, un cordero, una oveja, cabritos, sal, tórtolas y palominos, ofreció un holocausto en el altar. Echó sobre ello una ofrenda de masa de harina con aceite, hizo una libación de vino y derramó encima de todo incienso, haciendo elevarse un buen aroma, grato ante el Señor.

Aspiró el Señor el buen aroma e hizo con él un pacto para que no hubiera sobre la tierra diluvio que la destruyese: ...»

Libro de los Jubileos 6, 1 al 3

Ya lo he dicho anteriormente, este *Dios*, y otros dioses de otras culturas, son especialmente dependientes de los sacrificios; ¿Tan necesario era realizar un holocausto, como se dice, con los pobres animales?, y no es que fuera uno o dos, sino que eran un buen montón y de todo tamaño. *Dios* y el resto de "dioses" en todas las otras culturas, realmente ¿necesitaban esto?, ¿para qué?, no le encuentro una lógica a ello, no observo nada normal en ello, creo que es una gran falta de, no sé, de humanidad a los animales, ponedle a ello lo que creáis.

Bueno leamos el último párrafo ya que al realizar este sacrificio y agradarle al *Señor* el buen aroma ¡!, realiza el gran pacto, esa gran alianza de *Dios* con *Noé*, manifestando que no habrá otro diluvio sobre la tierra que destruya todo. Al menos, algo salimos ganando, menos mal.

> *«En el séptimo septenario de este jubileo, en su primer año, plantó Noé una vid en el monte donde se había posado el arca, llamado Lubar, uno de los montes Ararat. Dio fruto al cuarto año, lo vendimió ese año en el mes séptimo y lo guardó. Hizo de ello mosto, lo puso en una vasija y lo conservó hasta el quinto año, hasta el primero del primer mes.»*

> *Libro de los Jubileos 7, 1 y 2*

Señalamos de nuevo lo del monte Lubar, en donde según este libro, fue donde el arca tomo tierra; hay otra cosa y es la vid que planto Noé en este monte, y como ahora leeremos también tuvo sus consecuencias.

> *«Celebró ese día de festividad con regocijo e hizo un holocausto al Señor de una ternera, un carnero, siete ovejas añales y un cabrito en expiación por sí y por sus*

hijos. Primero aparejó el cabrito, echando parte de su sangre sobre la carne del altar que había levantado. Colocó toda la grasa en el altar en el que ofrecía el holocausto al Señor y añadió la carne de la ternera, el carnero y las ovejas. Puso encima masa con aceite, luego derramó vino en el fuego que había encendido sobre el altar y echó incienso encima, levantando un buen aroma agradable ante el Señor, su Dios. Se regocijo y bebió de este vino él y sus hijos con gozo.»

Libro de los Jubileos 7, 3 y 6

Si leemos el anterior texto y este último, ya han pasado algo más de cinco años, y *Noé* había conservado estos años un mosto en una vasija. Sigamos, pero sin olvidar lo que hay en el interior de esta vasija, en breve nos va a dar algo de juego.

Ahora ya estamos en este último texto, de nuevo para el aniversario del fin del diluvio celebran una fiesta, bueno una fiesta con tan solo ocho personas, y como es normal, no hay fiesta si no hay sacrificios de animales, venga a matar pobres animales para que el aroma guste a *Dios*, yo sigo sin explicarme este acto, al que no le encuentro ningún tipo de sentido; y hasta aquí poco más, al final leemos que *Noé* se regocijó y bebió vino con sus hijos, de momento todo normal. Cabe reseñar que, en este *Libro de los Jubileos*, las mujeres aparecen bien poco, no es que sea una sociedad antigua, hoy pasa algo similar.

«Era por la tarde; entró embriagado en su tienda, se acostó y se durmió, mostrando su desnudez mientras estaba dormido. Cam vio a su padre, Noé, desnudo y, saliendo, se lo dijo a sus hermanos. Entonces Sem tomó su vestido. Se levantaron él y Jafet, se pusieron el

vestido sobre los hombros, se dieron la vuelta y cubrieron las vergüenzas de su padre, con el rostro hacia atrás. Noé se despertó del vino, se enteró de cuanto había hecho su hijo menor y lo maldijo así:

—Maldito Canaán, siervo sea, sujeto a sus hermanos.»

Libro de los Jubileos 7, 7 y 10

Pues nada, que después de cinco años de reposo de aquel mosto, pues estaba algo fuerte, y si *Noé* se animó pues cogió una fuerte, y la edad que tendría en aquel tiempo pues, ya se sabe; pero bueno lo que quiero mostrar es que el enfado de este padre con su hijo *Cam* (*Canaán*) fue tal que lo maldijo, y él y su descendencia estarían siempre sujetos a sus hermanos mayores.

Y atentos, en la página 165 de este libro os pedía recordarais lo que se decía en el capítulo 4,3 3 *"En el año tercero le parió a Sem, en el quinto a Cam y en el año primero del sexto septenario le parió a Jafet."* ¿Lo recordáis?, estamos en el mismo libro, no es que en un libro ponga una cosa y en otro otra, no, estamos en el mismo; ¿En qué orden nacen los hijos de *Noé*?, ¿Qué posición ocupa *Cam*?, en efecto el segundo y en el anterior párrafo ¿Qué nos dice de *Cam*?, *"… se enteró de cuanto había hecho su hijo menor…"*, hombre unos capítulos más abajo ya no es el segundo ahora es el menor. ¿Error del autor del libro?, ¿No se dio cuenta?, igual es un error de transcripción o de traducción de alguien en la actualidad, en nuestro tiempo.

También tengo alguna pregunta o alguna duda, que como siempre no encontrare respuesta, ¡fantástico!; veamos sé que *Dios* quiso eliminar a los hombres por su mal que hacer, a los animales, aves y reptiles, por no sé qué podrían haber hecho estos pobres seres, la verdad; pero mi duda está en los anfibios, los peces y toda la fauna marina y acuática, estos sí que sobrevivieron todos, es decir que los que encontramos en la actualidad vivieron el diluvio, claro se encontraban en su ambiente. La verdad es que no comprendo por qué eliminar a todo ser viviente.

También, no hay aclaración en ningún libro si las parejas que cargo fue una de cada especie, o como en el *Génesis* señala en su segunda versión que fueron siete parejas de los llamados puros y una de los impuros. No hay aclaración ninguna.

Al principio del libro os comenté que no encontraríais muchas respuesta, todo lo contrario, aparecerían más preguntas. Venga, que estamos acabando.

> *«Noé se durmió con sus padres y fue sepultado en el monte Lubar, en tierra de Ararat. Había cumplido en su vida novecientos cincuenta años, es decir, diecinueve jubileos, dos septenarios y cinco años. Excedió en vida sobre la tierra, a causa de la plenitud de su justicia, a todos los hijos de los hombres, salvo Henoc, pues su cometido es dar testimonio a las generaciones del mundo para relatar todas las acciones de cada generación hasta el día del juicio. »*
>
> *Libro de los Jubileos 1, 15 al 17*

Y hasta aquí llego el profeta *Noé*; coincide con otros libros en la edad de su muerte novecientos cincuenta años, fue el tercer hombre que más ha vivido después de su tatarabuelo *Jared* con novecientos sesenta y dos años y de su abuelo *Matusalén* con novecientos sesenta y nueve años de edad, el hombre que más años ha vivido sobre la faz de la tierra.

Recordemos lo que también os indique paginas atrás, y es lo de que una vez finalizado el diluvio las edades de los humanos dejaron de ser tan bastas, en adelante serían drásticamente más cortas, más parecidas a las actuales, ¿Por qué? Tal vez a lo que leímos en la página 147 que hace mención a *Génesis 6, 3*.

Podíamos habernos extendido más con *Noé*, pero la verdad es que repetiríamos muchas veces los mismo temas y las mismas historias contadas con otras palabras, pero con un significado igual.

A continuación, os dejo la descendencia que tuvo *Noé* que fue el octavo en la línea de descendencia después de *Set*, y sus posteriores descendientes. Hay algunos que están escritos en letra *cursiva*, esto indica que no son nombres propios de persona, son los gentilicios de los nombres de diversas tribus o clanes que tal vez su iniciador sea un nombre similar; esta información es la que se lee en el libro del *Génesis* de la *Biblia* que menciono en la Bibliografía que hay al final; puede que en otros textos cambie algo en algún nombre o descendencia.

Después de *Noé* hay más historias y aventuras a investigar y buscar soluciones, o lo que es más normal, a que aparezcan más preguntas; una historia casi posterior podría ser *"La Torre de Babel"*, pero lo dejaremos para otros, o para otro libro.

Por ello finalizamos en estas líneas esta aventura tan fantástica de *Noé* y la de todos los que fueron sus familiares, que no es nada lo que vivieron, el ser los únicos que sobrevivieron al diluvio.

DESCENDENCIA DE NOÉ

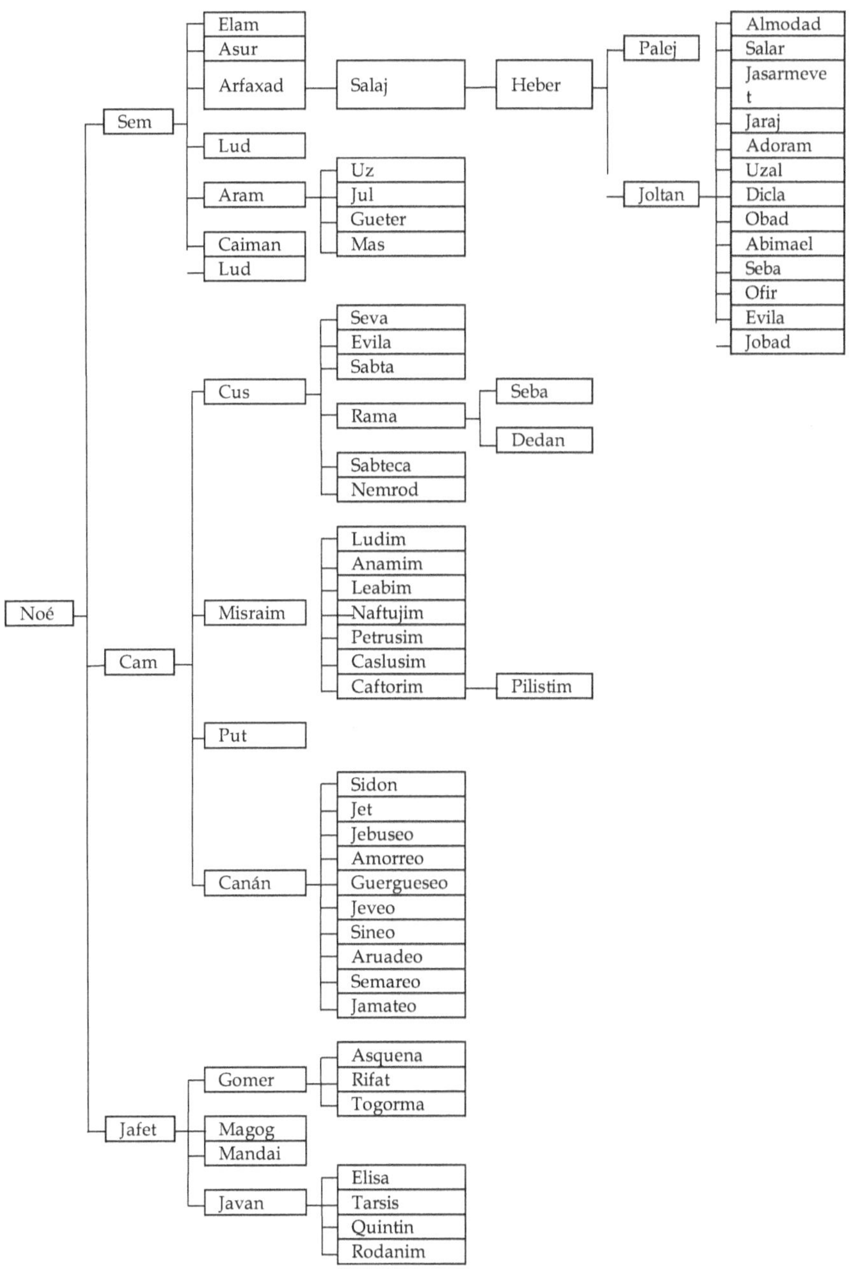

OTROS

Mi primer libro de misterio que compré y leí sobre la historia misteriosa, fue *"Civilizaciones desaparecidas"* del *Dr. L. Sureda*, editado por *"Ediciones PETRONIO, S.A.* y publicado en el año 1.974; yo en aquel tiempo tenía 14 años, y todavía lo tengo en mi biblioteca.

En este libro se hablaba de civilizaciones que a través de los siglos habían ascendido y luego cayeron y desparecieron, y siempre por diversos motivos; yo conocía por aquella época la historia de *Atlántida*, pero descubrí una civilización nueva la de *Lemuria*; ahora después de tanto tiempo parece que este libro y otros, no sirven para contar la historia de estas civilizaciones, algunos dirán que no sirven porque se han realizado estudios que hacen cambiar o modificar algo de la historia; yo digo que puede ser, pero también digo que se han modificado muchos de estos conocimientos para adaptarse a un interés de las modas o para seguir con otras líneas más apropiadas a este tiempo actual, que nadie se me enfade por favor.

También hay otro pequeño libro, *"La Era del Acuario"*, escrito por *Jean Sendy*, de la colección *"Realismo Fantástico"* de la editorial *Plaza & Janes* editado en España en 1.976; este libro ya trataba en aquella época lo que probablemente iba a ocurrir cuando entráramos en esta *Era del Acuario*, pues bien hoy lees o escuchas a posibles investigadores y nos cuentan cosas que te preguntas de donde ha salido ese criterio, y si comparas con alguien que ha estudiado sobre el temas desde hace años parece que esté completamente equivocado.

Tal vez me haya extendido demasiado, pero quiero dejar muy claro lo que he comentado en diversas ocasiones, que, desde siempre, los humanos nos adaptamos al medio en el que vivimos, a las sociedades que creamos, y para ello, adaptamos todo lo que tenemos a nuestro alrededor a nuestro interés.

Los libros que hemos estado utilizando para escribir lo que han leído nuestras amigas y nuestros amigos lectores, no nos ha llegado hasta nuestros días ningún original, han sido copias de otras copias, y que decir de la posible primera copia, esta, habría sido escrita después de escuchar todo lo correspondiente a la tradición oral.

Con esto quiero indicar que TODO ha sido modificado a "imagen y semejanza" a través de los tiempos, y a la necesidad en ocasiones de explicar cosas inauditas y en otras ocasiones, cosas que no interesaban ser conocidas.

A la hora de leer este libro y los otros libros en los que me he basado para descubrir y observar los grandes misterios, hay que tener en cuenta lo dicho anteriormente; seguro que han sido modificados en algún momento por intereses de todo tipo; incluso los libros sagrados; y no tan solo por esos intereses, si no por algo más sencillo, también por las traducciones de idiomas a idiomas, nunca jamás la traducción es real, siempre hay modificaciones, y eso lo sabe cualquier persona que hable más de un idioma, no hace falta ser lingüista.

Sigamos, ha habido en la historia muchas civilizaciones, pueblos y culturas que han, hemos, tenido en común las mismas historias; esto lo podemos ver en todo lo que podemos encontrar a través de las maravillosas historias y libros que existen de todos los tiempos en todos los pueblos de nuestro mundo, en todos los continentes y en todos los espacios de estos continentes, es enorme y fantástico este gran baúl, esta gran biblioteca de conocimiento casi infinito.

Y no, no he olvidado, de entre muchas civilizaciones y culturas, no he olvidado la que desde hace unos años ha experimentado un auge sorprendente, siempre a estado ahí, pero ahora es la moda, la que a sus dioses les llamaron *"Anunnaki"*.

En lo que fue la antigua *Mesopotamia*, hoy *Iraq*, y en las riberas de los ríos *Tigris* y *Éufrates*, algunos miles de años *a.C.*, se creó de la que se dice la primera civilización humana organizada, es decir, una organización de ciudades, de edificaciones públicas, conocimientos técnicos como la rueda, ya que disponían de transportes, organización y tecnología militar, y sobre todo, una escritura, por lo tanto una lengua hablada y también leída propia; todo esto mientras en otras zonas del planeta aún se vivía como diríamos vulgarmente como cavernícolas. Esta civilización fueron los *Sumerios*; no fueron los únicos allí, de manera muy cercana y en un tiempo que fueron contemporáneos también estuvieron el pueblo *Akkad*, conocidos como *Acadios*. Como he indicado este pueblo *Sumerio* es considerado, por su antigüedad, como la primera civilización humana, y este pueblo, que ya tenía lenguaje, que ya tenía escritura, dejaron una serie de tablillas de barro, en las que contaron las historias de sus dioses. Los *acadios*, siglos después, tras absorber la cultura sumeria, también dejarían sus tablillas en las que no tan solo añadían su punto de vista sobre estos dioses, si no, que también, respuestas a partes desaparecidas de los primeros y la verdad sería muy interesante el estudio de todo ello.

Ahora, me toda reseñar que los *Acadios* absorbieron la cultura de los *Sumerios*, y ellos adaptaron los conocimientos de esos dioses a su propia necesidad. ¿Os recuerda a algo que lo he estado repitiendo durante todo el libro?.

Esto ocurriría en muchas civilizaciones, y tal vez una de las más cercana y conocida seria la Romana sobre la Griega que adaptaron sus dioses de los vencidos a los vencedores.

GRIEGOS		ROMANOS
Zeus	⟶	Júpiter
Gea	⟶	Tellus
Cronos	⟶	Saturno
Atenea	⟶	Minerva
Ares	⟶	Saturno
Poseidón	⟶	Neptuno
Dionisio	⟶	Baco

A nuestros queridos lectores estos dioses seguro que son reconocidos; pues algo parecido les ocurriría a *Sumerios* y *Acadios* y posteriormente a *Babilonios*, y ¿tal vez a los Hebreos?.

En este momento hay que parar un poco la historia para indicar algo muy importante, en el estudio y la divulgación de los *Anunnakis* hay diversas tendencias y ramas de investigación; la primera que os indico es la de *Zacharias Sitchin*, natural de Azerbayan y que escribió la colección *"Cronicas de la Tierra"*; según él, tradujo estas tablillas sumerias y escribió una serie de libros bajo el nombre de esta colección que fue muy interesante. Al pasar el tiempo y tras otros estudios, parece ser que las traducciones fueron muy interesantes pero el autor añadió algunas cosas muy particulares de su interés. Lástima, porque es muy interesante esta colección, ahora bien, hay que ser real y fiel a lo que se hace, y para estos casos la imaginación solo sirve para *"crear verdades falsas"*, lo he dicho muchas veces.

Hay dos tendencias más, la del francés *Anton Parks*; pero la que he seguido por que tan solo realizan una traducción de lo escrito en esas tablillas y no crean posibles interpretaciones, es la línea que realizaron *Samuel Noah Kramer*, natural de Ucrania pero pronto marchó a EEUU, y el español *Federico Lara Peinado* que escribiría el libro *"Mitos Sumerios y Acadios"* de la *Editorial Nacional*; podemos encontrar la traducción de una gran parte de estas tablillas ya que todas no están a disposición de los investigadores y menos aún al gran público.

Lo que he leído y me ha encantado ha sido este último libro, naturalmente no voy a extenderme sobre este tema, tan solo os hablare de lo que es la creación y un poquito más.

Para empezar, hay que señalar que no hay un solo Dios, la idea de que solo un Dios fue el creador del todo es algunos siglos posteriores. Pero sigamos con lo que hemos iniciado.

AN el dios y rey de los Anunnakis, ¿fue el quien creo a la humanidad?, pues no; este tenía dos hijos *ENLIL* que, sí creo la tierra y los cielos, otros dioses crearon y separaron las aguas, otros crearon los animales; y entre otros tres dioses crearon al ser humano; uno de estos fue *ENKI*, era otro de los hijos de *An* y por lo tanto hermano (hermanastro) de *Enlil*. Vaya nombrecitos para no perder el hilo.

Enki junto a dos diosas, *Ninmah* y *Nammu*, crearon al ser humano con el *barro del Apsú*; vaya, ya apareció el barro, ¿y qué es esto del *Apsú*?; el *Apsú* era una gran grieta en la tierra que conectaba con el mundo del más allá.

¿Y para que crearon al ser humano?, pues podría ser para que trabajara en los servicios más bajos de los dioses, pero no como esclavos, que es la versión que indica el anteriormente nombrado escritor *Zacharias Sitchin*.

¿Qué ocurrió durante ese tiempo durante esa época?, como hemos indicado se creó al ser humano para la realización de los trabajos que cada vez aumentaban en esa época, en ese tiempo, entre los dioses.

Pero llego el gran problema y es cuando *Enki*, decide por su parte y sin dar conocimiento de ello a *Enlil* ni mucho menos a *An*, el darle conocimientos y sabidurías a los hombres. En este momento parece ser que la manipulación genética de la humanidad fue la base de este aumento de la capacidad del ser humano, que podía reproducirse y desde ahora podía también razonar, y obtener conocimientos.

Al ser conscientes tanto *An* como *Enlil* de lo que había hecho *Enki* quisieron castigar a este y a los humanos, ya que estos en ese momento podían tener los conocimientos de los mismísimos dioses. ¿Podría ser esta la historia de Eva y Adán?, recordar que comieron del árbol prohibido de la ciencia, curiosa casualidad, ¿no os parece?.

No vamos a seguir mucho más con este tema, que cada lector decida por su cuenta el recopilar más información sobre estos pueblos, pero si seguid la siguiente y ultima historia.

ZIUSUDRA, otro que tiene un nombre que…, ¿Quién puede ser este?, pues nada más y nada menos que el que conocemos como *Noé*, ¡Sí *Noé*!. ¿Os he sorprendido?

Al parecer los dioses se cansaron de los humanos; según en algunas líneas decían que alborotaban mucho y eran muy ruidosos, y naturalmente de Enki que hacía de las suyas con estos; *Ziusudra* era por aquel entonces un rey, y por lo que leeremos a continuación era humano y no un dios.

«…Un diluvio va a inundar todas las moradas, todos los centros de culto para destruir la simiente de la humanidad…»

«…Tal es la decisión, el Decreto de la Asamblea de los dioses, tal es la palabra de An, Enlil y Ninhursag…»

«…La destrucción de la realeza…»

«…Todas las tempestades y los vientos se desencadenaron, en un mismo instante el diluvio invadió los centros de culto.

Después que el diluvio hubo barrido la tierra durante siete días y siete noches y la enorme barca hubo sido bamboleada sobre las vastas aguas por las tempestades, Utu salió, iluminando el cielo y la tierra Ziusudra abrió entonces una ventana de su enorme barca, y Utu hizo penetrar sus rayos dentro de la gigantesca barca.

El rey Ziusudra se prosternó entonces ante Utu, el rey le inmoló gran número de bueyes y carneros...»

«...Invocaréis por el cielo y por la tierra (...) An y Enlil invocaron por el cielo y por la tierra (...) hicieron aparecer los animales que surgieron de la tierra.

El rey Ziusudra se prosternó ante An y Enlil. An y Enlil cuidaron de Ziusudra, le dieron vida como la de un dios, e hicieron descender para él un eterno soplo como el de un dios.

Entonces al rey Ziusudra, que salvó de la destrucción la simiente de la humanidad en aquel tiempo allende los mares, en el Oriente, en Dilmun, le hicieron vivir»

Fragmento de Tablilla descubierta en NIPPUR

Antes de adentrarnos; esta tablilla sumeria tiene perdido prácticamente 2/3 de su contenido, el cual es ilegible y es por ello que lo indicamos (...) esto señala que faltan palabras y cuando observamos «... o bien ...» es porque faltan frases enteras.

Ahora sí, ¿Qué os a parecido el texto?, ¿no diréis que no tiene parecido con algo conocido?.

Pues esta historia está escrita bastantes siglos antes que el *Génesis*, y está escrito, es decir que esto ocurría muchos años antes (tal vez siglos) de que realmente se plasmara por escrito.

Pero os habéis dado cuenta, no importa la época, no importa quien lo escriba, no importa si es un solo dios o varios, todo se repite y lo digo por lo siguiente «...*El rey Ziusudra se prosternó entonces ante Utu, el rey le inmoló gran número de bueyes y carneros...*»; ¿Por qué?, es algo incomprensible, siempre acaban realizando sacrificios de animales, ¿pero qué clase de dioses son estos?, por más que lo intento comprender no lo entiendo.

Anteriormente había mencionado que *Ziusudra* era un rey, pero era humano porque casi al final de este texto leemos que tras este diluvio le dieron vida como la de un dios.

Ya finalizo con el tema de los *Anunnaki*, es algo muy extenso y digno de ser estudiado; ahora bien, lo poco que he señalado y algo más que se encuentra en estas tablillas es de lo que quiero no olvidar, es del llamado *Enki*, este dios es el que dio el conocimiento a los humanos; se enfrentó a su hermanastro y a su padre, a *Enlil* i *An*, para defender a esas criaturas; y yo me pregunto, ¿es este el que le ofreció la manzana a *Eva*?, si fuera así, ¿tan malo es *Satanás*? o bien la historia ha sido modificada. No sé si los lectores me entienden.

No quería terminar este breve capítulo sin reseñar, que lo expuesto en este capítulo, es para aquellos que puedan pensar que no había valorado diversas opciones en lo relativo a las historias de la creación de la humanidad. Sí las había tenido en cuenta, así como las maravillosas historias, de la India o de las culturas orientales, los pueblos del pacífico, todas las civilizaciones y pueblos del basto continente americano, del continente africano y como no del europeo. Como anteriormente he mencionado, tenemos multitud de historias, tradiciones, textos y libros en todo nuestro planeta del que podemos aprovecharnos y sacar conclusiones, y si no encontramos respuestas, pues no hay problema, seguimos buscando.

EPÍLOGO

Como indicaba al principio de capítulo anterior, cuando tenía 14 añitos, me compre el primer libro, antes ya habían caído alguna que otra revista de misterio, pero fue el libro el que me inicio en conocer temas más desarrollados; a partir de ese momento compraría otros libros y naturalmente más revistas; quisiera recordar que hubo una colección de libros que me apasionó, la colección *"Realismo Fantástico"* de la *Editorial Plaza & Janes*; de aquí me salió más aun el interés por estos temas, eran unos libros que me costaban cien pesetas, no era mucho, pero si para dejarme la semana sin blanca, por lo que no siempre podía adquirirlos. La verdad disfruté y aprendí mucho de ellos; no obstante, las revistas también eran algo esencial, había revistas realmente interesantes, y dirigidas por los verdaderos maestros que en aquellos tiempos tropezaban con muchas puertas cerradas pero que gracias a su insistencia hoy tenemos una fuerte e inmensa cuenta de datos.

En la actualidad, conectamos nuestro ordenador y a través de la red de redes disponemos de todos los datos que deseamos e incluso los no deseados; podemos encontrar información junto a la desinformación; y siendo un medio que nos puede ayudar muchísimo, hay que tener en cuenta que de la misma manera nos puede enfocar nuestras ideas hacia caminos no muy aconsejables.

Aprovechemos los medios que tenemos en la actualidad, hay muchas personas de por ahí con nuestros mismos anhelos, busquémoslos. No podemos viajar a todos los sitios para investigar y saber de primera mano las cosas extrañas, pero sí que podemos encontrar quien pude hacerlo o bien por proximidad o porque tiene la suerte de disponer de los medios, y hoy internet es algo fantástico, no lo desaprovechemos.

Hemos leído historias fantásticas, la de las diversas versiones de la creación, o los posibles hijos que tuvieron *Eva* y *Adán*, con sus memorables historias, quien fue el gran desconocido para muchos, *Enoc*, un servidor de su *Señor*, y *Noé* que tuvo que cargar de nuevo con la nueva humanidad. Pero todo ello hay que verlo con amplitud de miras como se suele decir. Pongo un ejemplo, sobre el tema de *Noé*, *Dios* quiso eliminar a la humanidad por su conducta y eliminar a los *Gigantes* que poblaban la tierra y que parece ser que eran los hijos de los *Ángeles caídos* con las mujeres humanas; ¿Pero pudo eliminar a todos con el *Diluvio*?, ¿seguro?. Visto así no hay ninguna razón que nos indique lo contrario, y ahora vamos a lo de siempre, ¿estamos acostumbrados y no nos damos cuenta?.

> *«…Los hombres, todos cuantos hemos visto, son de gran estatura. Hemos visto hasta gigantes, hijos de Enac…»*
>
> *Números 14, 32 y 33*

> *«Entonces salió de las filas de los Filisteos un campeón llamado Goliat, de Gat, cuya estatura era de seis codos y un palmo.»*
>
> *Libro primero de Samuel 17, 4*

*«Estos cuatro gigantes le habían nacido a Rafa en Gat,
y cayeron en manos de David y de sus servidores.»*

Libro segundo de Samuel 21, 22

¿Entonces, los gigantes habían sido eliminados en el *Diluvio*?, a mi me parece que no. Quiero mostrar a los lectores que, aunque creemos entender lo que estamos observando, si miramos con más detalle vemos cosas que no habíamos visto con anterioridad. Tal vez no conocíamos a estos *Gigantes*, pero ¿a que si recordábamos a *Goliat*?, pero quien iba a pensar que podría tratarse de alguien en relación a los *Ángeles caídos*. Os pido siempre que leáis despacio y con la mente abierta para entender lo que estamos recibiendo.

En este libro me he dedicado a intentar responder a preguntas que me he hecho de siempre, y claro, también, sobre los inicios de nuestra existencia. Algunas personas, tendrán un conocimiento más amplio del tema de lo que yo he expuesto aquí, y otros dirán que, más que falsedades, que la historia no está completa o no está verdaderamente contada como corresponde. A todos ellos les diré que tienen toda la razón.

Como en diversas ocasiones ya he mencionado, y lo vuelvo a manifestar, este libro está destinado para los que quieren iniciarse en la aventura de ensanchar el conocimiento de estas historias magnificas, de estos personajes que han marcado la historia de la humanidad sin haberlo ni deseado. Pues bien, para ellos va destinado, para que empiecen sus propias investigaciones, que sepan dónde encontrar unos textos, y por qué no, alguna persona, que les pueda iniciar en sus pasos; repito que no está escrito para el que ya tiene un conocimiento superior de estos temas.

Indicar que no ha sido mi voluntad la de complicar más aun con datos y posibles creencias, pero naturalmente solo he tratado de la tradición judeo-cristiana y la musulmana, pero podría haber señalado otros libros con tradiciones, historias, leyendas, muy similares, como hemos visto en el capítulo anterior y esto se repite a través de la historia, tan solo cambian los nombres de los actores, pero son siempre repetir una y otra vez las historias de la creación de la humanidad, el primer castigo, el castigo del diluvio…, siempre lo mismo. ¿Sera que es una única y primera historia y que todas las culturas copiaron o contaron esos mismos hechos?; no he mencionado nada de las diversas culturas americanas, tanto del norte como del sur, o bien de los pueblos de la India o de prácticamente todo oriente, toda Asia, África, o de los pueblos del océano pacífico, en todos ellos encontramos lo mismo. ¿Quién les traslado estas historias?, y sobre todo ¿Dónde nació la historia primera y real?.

Cambio completamente de tema; no quisiera acabar sin comentar una sensación muy personal que he tenido tras este trabajo; realmente ¿Quién fue *Eva*?, sí, iba por detrás de *Adán*, parece ser que fue su segunda compañera, siempre era la segunda, pero como madre de la creación fue la primera. Toda mi admiración a esta mujer, tan fuerte, tan especial, que me hubiera encantado conocer.

¿Era una persona de carácter inocente?, pues no lo sé, ahora bien, no creo que el tomar la fruta prohibida del conocimiento lo hiciera con ganas de ir contra el mandato del *Creador*, a ella realmente nadie la avisó. Siempre, y lo hemos leído, durante su vida a cargado con la culpa de este grave "crimen" que cometió, cargo con ello, sabía que era algo con lo que hemos cargado hasta nuestros días y que seguirán cargando los que nos precedan, muchas persona creo. Pero ella nunca negó su culpa. Siempre junto a su pareja *Adán*, jamás le negó nada. Fue la primera mujer en dar vida a un ser humano, no fue su primer parto tan solo, fue el primera parto de la humanidad, y ella, ante el temor y el dolor le pidió ayuda a su *Creador*, y sorpresa, éste, ni caso, tan solo acepto cuando *Adán* se lo solicitó.

Una gran mujer, leyendo estos textos me abruma lo que debieron de pasar estos seres y en especial nuestra madre *Eva*, todo mi asombro y mi admiración por ella.

Ruego a los lectores que investiguen que intenten buscar las respuestas, hay campos como la *Cábala*, בָּלְה, *Qabbaláh*, que ofrecen un gran abanico de posibilidades para la búsqueda de verdades, aunque seguro que encontraran más preguntas, pero sobre todo no inventen esa respuesta que no encuentran porque será mentir a todos y sobre todo a ustedes mismo.

Y, para acabar, en ningún momento he intentado, ni lo más mínimo, en ofender a nadie por sus creencias, todo lo contrario, yo soy creyente, y también me gusta la verdad.

¡Un amigo!

BIBLIOGRAFÍA

•LA SANTA BIBLIA
Ediciones Paulinas – 16ª Edición 1972
•LAS HIJAS DE EVA Y LILITH
Elisa Queipero – Editorial GRIJALBO
•EL CORAN
Mahoma - Traducción Juan B. Berga
CLASICOS BERGUA 10 Edición 1975

Los siguientes pueden consultarse y descargarse de manera gratuita desde:
LA BIBLIOTECA DE HALEJANDRINA
https://www.labiblioteca.ga

•MITOS SUMERIOS Y ACADIOS
Federico Lara Peinado
Editorial Nacional - Edición 1984

Textos Apócrifos:
•APOCALIPSIS DE MOISES o EL TESTAMENTO DE ADÁN Y EVA
•LOS LIBROS DE ADÁN Y EVA
   - El Primer y El Segundo Libro de Adán y Eva
•EL LIBRO DE LOS JUBILEOS
•APOCALIPSIS DE ADÁN
•EL LIBRO DE LA VIDA DE ADÁN Y EVA
•LOS LIBROS DE *ENOC*

Aquí puedes adquirir mis libros.
También en **https://amazon.es**

PRINCIPIO DEL PASADO	ABRAHAM y família

MU-La historia sumergida	CUANDO LOS DIOSES CALLARON

Web interesante:

LA BIBLIOTECA DE Halejandrina

https://www.labiblioteca.org.es